침략자 장편소설

FUSION FANTASTIC STORY

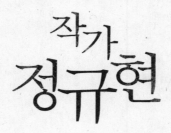

작가
정규현

# 작가 정규현 4

침략자 장편소설

초판 1쇄 찍은 날 § 2018년 8월 7일
초판 1쇄 펴낸 날 § 2018년 8월 14일

지은이 § 침략자
펴낸이 § 서경석

총괄팀장 § 최하나
편집책임 § 김슬기

펴낸곳 § 도서출판 청어람
등록번호 § 제387-1999-000006호
등록일자 § 1999. 5. 31
어람번호 § 제1-2942호

주소 § 경기도 부천시 부일로 483번길 40 서경B/D 3F (우) 14640
전화 § 032-656-4452 팩스 § 032-656-4453
http://www.chungeoram.com
E-mail § chungeorambook@daum.net

침략자 장편소설

FUSION FANTASTIC STORY

# 작가 ④ 정규현

도서출판 청어람

# 작가
# 정규현

# Contents

28장. 접대     7

29장. 나이츠     59

30장. 양반탈     101

31장. 교토 북스     147

32장. 고맙습니다     205

33장. 기사 이야기 열풍     255

# 28장

## 접대

상현은 B급 작가가 되었다.

당연히 기뻐해야 할 일이었지만 마냥 기뻐하고 있을 수만은 없었다. 국제콘텐츠진흥원에 보내야 할 드라마 시나리오의 트리트먼트가 남아 있기 때문이었다.

처음 받을 때만 해도 기한이 제법 여유로웠지만 최근 상현의 성장을 지원해 준다고 그쪽에 과도하게 시간과 정성을 쏟은 탓인지, 이제 남은 시간이 별로 없었다.

"도대체 어떻게 써야 하는 거야."

시놉시스는 작품을 쓰면서 여러 번 써본 적이 있었지만 트리트먼트는 써본 적이 없었기 때문에 낯설었다.

인터넷으로 검색도 해보고 들은 것도 있어서 대충 어떤 건지 알고 있었지만 어떻게 써야 할지 감이 잡히지 않았다.

참고할 만한 샘플이라도 있으면 좋겠지만 유감스럽게도 샘플은 없었다.

하다못해 양식이라도 정해주면 거기에 맞춰서 쓸 텐데 국제콘텐츠진흥원에선 양식을 정해주지 않았다.

승필에게 전화를 해서 자세한 것을 묻는 방법도 있지만 가능하면 그것은 최후의 방법으로 남겨두고 싶었다.

"요즘 늦게까지 사무실에 계시네요. 제이스 작가님의 일은 끝나지 않으셨습니까? 아니면 요즘 안 풀리는 일이라도 있으세요?"

규현의 심각한 표정을 본 칠흑팔검이 물었다.

사무실의 다른 작가들은 모두 퇴근했다. 지금 사무실을 지키고 있는 사람들은 규현과 칠흑팔검뿐이었다. 칠흑팔검은 언제나 가장 먼저 와서 늦게 퇴근했지만 규현은 드라마 스토리 트리트먼트 때문에 늦게까지 집으로 돌아가지 못하고 있었다.

"아, 제가 한국형 판타지 드라마 스토리 작가를 맡았다고 했던 거 들으셨죠?"

"네."

규현의 말에 칠흑팔검이 고개를 끄덕였다.

규현이 국제콘텐츠진흥원에서 기획하고 있는 한국형 판타지 드라마의 스토리 작가를 맡았다는 사실은 사무실의 모두가 알고 있었다.

"스토리를 트리트먼트로 작성해서 보내달라고 하는데, 감이 잡히지 않는군요."

"그거라면 제가 도와드릴 수 있겠군요."

칠흑팔검이 두 눈을 반짝이며 대답했다. 규현은 의외라는 시선을 그에게 보내며 입을 연다.

"트리트먼트 작성해 보신 적 있으세요?"

규현의 말에 칠흑팔검은 입가에 희미한 미소를 머금었다.

"과거에 국제콘텐츠진흥원에서 주최한 스토리 공모전에 응모한 적이 있습니다. 그때 국제콘텐츠진흥원에서 요구했던 게 트리트먼트 형식의 스토리입니다. 거긴 트리트먼트를 정말 좋아하더군요."

"그런 것 같더군요."

칠흑팔검의 말에 규현이 가볍게 긍정하며 고개를 끄덕였다.

그러고 보니 과거에 규현도 국제콘텐츠진흥원의 스토리 공모전 요강을 몇 번 본 적이 있었다. 참가해 볼까 생각해 보기도 했지만 총 상금 1억 원이라는 엄청난 금액의 상금에 눈이 멀어 달려드는 이리 떼 앞에서 살아남을 자신이 없어서 일찍이 포기했었다.

"트리트먼트가 뭔지 대충은 이해하고 계시죠?"

칠흑팔검이 물었다. 규현은 고개를 끄덕였다.

정의는 이해하고 있었다.

대충 뭘 써야 하는 지도 알고 있었다. 다만, 어떻게 써야 할지 감이 잡히지 않았다.

참고할 만한 샘플만 있다면 당장에라도 쓸 수 있다.

"좋습니다. 그럼 제가 대표님이 참고할 수 있게, 스토리 하나를 간단한 트리트먼트 형식으로 정리해서 보내 드리겠습니다."

"감사합니다, 작가님."

규현이 감사를 표하자 칠흑팔검은 입가에 미소를 그린 채 입을 열었다.

"말로만 그러지 마시고, 다음에 근사한 곳에서 저녁이나 사주시죠."

"물론입니다. 아주 근사한 곳에서 제대로 대접해 드리겠습니다."

그렇게 말하며 규현은 미소를 지었다.

계약금 3억 원은 이미 규현의 계좌로 입금되었다. 물론 3억 원이 아직 입금되지 않았다고 해도 칠흑팔검에게 근사한 곳에서 저녁을 대접할 돈은 충분했다.

"먼저 퇴근하시죠. 오늘 안에 써서 보내 드리겠습니다."

"그래도 되겠습니까?"

칠흑팔검의 제안을 규현은 거절하지 않았다.

요즘 조금 무리한 탓에 피로가 누적된 것 같아서 휴식이 필요하다고 생각하고 있었다.

"대표님이 과로로 쓰러지시면 곤란하니까요."

"그럼 부탁하겠습니다."

규현은 칠흑팔검에게 모든 것을 맡기고 집으로 돌아갔다.

집에 도착한 규현은 씻고 옷만 대충 갈아입은 뒤 침대 위로 몸을 던졌다. 그리고 순식간에 깊은 잠에 빠져 들었다.


금요일 아침이 밝았다.

금요일은 공강이었기 때문에 규현은 학교에 가는 대신 사무실로 출근했다.

차를 타고 금진 빌딩을 향하는 도중 탕비실 냉장고에 피로회복제와 캔 커피가 거의 바닥을 드러내고 있다는 사실을 깨달은 규현은 편의점에 들러서 캔 커피와 피로회복제를 왕창 샀다.

"좋은 아침입니다."

규현은 양손에 피로회복제와 캔 커피를 가득 들고 가벼운 목소리로 아침 인사를 하며 사무실 문을 열었다.

예상대로 사무실 문은 열려 있었다.

사무실 안으로 들어가자 칠흑팔검이 캔 커피를 들고 창가에 서 있었다.

그는 규현의 목소리를 듣고 창밖을 향하고 있던 시선을 규현이 있는 쪽으로 옮겼다.

"좋은 아침입니다. 대표님, 어제 오후 10시쯤에 보내 드렸습니다."

"지금 확인하겠습니다."

의자에 앉은 규현은 가방에서 노트북을 꺼내 메일을 확인했다.

"이런 식으로 쓰는 것이군요."

"네. 생각보다 간단하죠?"

칠흑팔검의 말에 규현은 고개를 끄덕였다.

칠흑팔검이 작성한 트리트먼트를 확인한 순간 규현이 처음으로 든 생각은 '생각보다 간단하다'라는 것이다.

시놉시스보다 자세히 적어야 하긴 하지만 사실상 시놉시스와 크게 다르지 않았다.

'슬슬 써볼까.'

트리트먼트의 기본적인 구조를 파악한 규현은 노트북 키보드를 두드리기 시작했다.

이미 스토리 작성은 끝냈다. 남은 것은 트리트먼트의 기본적인 구조에 맞춰 옮겨 적는 것뿐이었다.

무척이나 간단한 작업이었기 때문에 긴 시간이 필요하지 않을 것이라 생각했다.

스토리는 한국적인 분위기를 풍기면서도 단순하게 시청자들의 시선을 잡아 끌 수 있도록 만들었다.

미래의 대한민국이 초능력자들을 대한제국으로 보내서 친일파를 소탕하고 일제의 위협에서 대한제국을 지킨다는 스토리였다.

일본 역시도 이를 막기 위해서 초능력자들을 파견해서 초능력자 배틀물로 스토리의 가닥을 잡았지만 제작비 문제가 걸려 있어서 등장하는 초능력들은 상당히 위력이 약하고 단순하게 설정되었다.

"완성했다."

트리트먼트를 완성한 규현은 승필의 메일로 문서 파일을 전송했다.

4일. 규현이 트리트먼트를 작성하는 데 걸린 시간은 정확히 4일이었다.

이미 스토리가 완성되어 있었기 때문에 생각보다 오래 걸리지 않았다.

완성된 원고를 승필에게 전달했다.

하지만 6월 초가 다 지나갈 때까지 승필에게서 연락이 없었다. 그러다 어느 날, 갑자기 규현에게 전화가 오더니 초반부

극본 작업이 끝났고 배우들도 최종 오디션만 남았다는 사실을 전달했다.

그래서 그런가 보다 하고 사무실에서 차기작 구상에 집중하고 있었는데, 며칠 후 승필에게서 다시 전화가 왔다.

—여보세요, 작가님?

"네. 무슨 일이시죠?"

—실은 최종 오디션 때문에 전화드렸습니다. 저희가 내부에서 회의를 해봤습니다만, 아무래도 작가님께서 쓰신 스토리인 만큼 주연을 결정하는 데 작가님이 어느 정도 관여를 하시는 게 좋다고 모두가 생각하고 있습니다.

규현이 워낙 신경을 쓰지 않아서 그렇지 보통 원작자나 스토리 작가가 있다면 적어도 주연배우를 결정하는 오디션에는 동석하는 게 일반적이었다.

"최종 오디션은 언제입니까?"

규현의 물음에 승필은 정확한 날짜와 시간, 그리고 장소를 알려주었다.

"저도 마침 시간이 비는군요. 그때 그곳으로 가겠습니다."

—옙! 잘 부탁드리겠습니다!

전화 통화가 끝나고 규현은 창가로 향했다. 창밖으로 보이는 도시의 풍경을 보며 그는 깊은 생각에 잠겼다.

*          *          *

"작가님! 여깁니다!"

주차장에 차를 주차해 두고 오디션 장소로 향하는 규현을 향해 반갑게 손을 흔드는 남자가 있었다.

바로 승필이었다. 규현의 걸음 속도가 빨라지지 않자 승필은 답답함을 느낀 것인지 빠른 걸음으로 규현과의 거리를 좁혔다.

"조금 있으면 오디션이 시작합니다. 어서 들어가시죠."

승필의 재촉에 규현은 조금 피곤한 얼굴로 고개를 끄덕이며 오디션 장소로 발걸음을 옮겼다.

이미 다른 심사 위원들은 자리를 지키고 있었고 규현과 승필만 앉으면 되는 상황이었다. 규현과 승필의 기척을 느낀 심사 위원들은 자리에서 일어나 살짝 묵례를 했다.

"강훈 감독님이십니다. 감독님, 이쪽은 정규현 작가님이십니다."

승필은 심사 위원들을 규현에게 소개하고 심사 위원들에게는 규현을 소개했다.

다른 사람들은 잘 몰랐지만 강훈 같은 경우엔 그도 아주 잘 알고 있었다.

강훈은 평균 시청률 30%를 돌파한 유명한 퓨전 사극 '고려의 달'의 감독이었기 때문이었다.

"말씀은 많이 들었습니다. 같이 작업하게 되어서 영광입니다."

강훈은 유명 인사답지 않은 겸손한 태도를 보이며 규현에게 악수를 청했다.

두 사람은 가볍게 악수를 했다. 규현이 입을 연다.

"저도 잘 부탁드리겠습니다."

간단한 인사가 끝나고 모두 의자에 앉았다.

승필이 진행 요원에게 심사 위원 전원이 도착했다는 사실을 알렸다.

진행 요원이 무전기를 통해 상사에게 보고하자 오디션이 시작되었다.

규현은 명단을 확인했다.

최종 오디션이라서 그런지 참가자는 4명에 불과했다.

"4명밖에 없네요?"

"최종 오디션이잖아요. 원래 꽤 많았는데, 여기까지 오면서 살아남은 참가자는 4명 정도네요."

규현의 질문에 승필이 대답했다.

그러는 사이 인기척이 느껴져 무대로 시선을 옮기니 적당한 길이의 검은 단발의 여배우가 다소 긴장한 듯 굳은 얼굴로 눈치를 살피고 있었다.

"시작해 보세요."

강훈의 말에 여배우는 천천히 입을 열었다.

"유, 유선아입니다! 연기 시작하겠습니다!"

선아는 자신을 소개할 때는 말을 살짝 더듬었지만 연기가 시작되자 180도 변했다.

긴장한 듯한 표정은 자신감 넘치는 표정으로 변하고 눈동자는 날카롭게 빛났다.

"조민혁 대장! 그건 분명 상부의 명령이 아닙니다! 상부의 명령을 어길 생각이십니까?"

시간을 넘기 전에 상부에서 내린 명령을 어기고 단독 행동을 하려고 하는 조민혁을 송아라가 저지하는 장면이었다.

규현은 두 눈을 가늘게 뜨고 그녀의 연기를 지켜보며 조심스럽게 그녀의 프로필에 점수를 적어 넣었다.

아라가 빙의한 듯한 연기였지만 파워가 부족한 게 아쉬웠다.

"가, 감사합니다!"

연기가 끝나고 본래의 모습으로 돌아온 그녀는 얼굴을 양손으로 가리며 퇴장했다.

선아가 퇴장하기 무섭게 다음 차례의 여배우가 무대로 올라왔다.

그녀를 본 순간 규현은 깜짝 놀라고 말았다. 그가 생각했던 송아라의 이미지와 너무나 닮아 있었기 때문이었다.

"와아, 작가님. 송아라와 너무 닮지 않았어요?"

승필도 그와 같은 생각인 것 같았다.

규현은 대답 대신 조용히 고개를 끄덕였다. 확실히 이미지
가 비슷했다.

마치 대본을 받는 순간 송아라라는 캐릭터가 되기 위해 외
모를 재단장한 것 같았다. 성형수술까지는 아니지만 머리 스
타일을 바꾼 것은 확실했다.

지금 그녀의 헤어스타일은 송아라 그 자체였다.

"최민혜라고 합니다."

민혜는 차분하게 심사 위원들에게 자신을 소개하며 허리를
숙였다.

"조민혁 대장! 그건 분명 상부의 명령이 아닙니다! 상부의
명령을 어길 생각이십니까?"

연기가 시작되었고 규현은 그만 펜을 놓치고 말았다.

차분하지만 파워가 넘쳤다. 완벽했다.

규현이 생각한 아라, 그 자체였다.

"그런데 자기소개 같은 건 안 하나요? 보통 오디션에선 한다
고 들은 것 같은데."

규현은 민혜의 연기를 지켜보다가 문득 생각이 났다.

보통 오디션에선 프로필에 적힌 내용 외에 자기소개도 한다

고 들었는데 방금 전 선아는 물론이고 민혜도 간단한 자기소개를 하지 않았다.

"자기소개는 이미 1차와 2차 때에 했어요. 하지만 작가님께서 원하시면 자기소개를 하게 할 수도 있습니다."

승필이 설명했다.

그의 말대로 자기소개는 1차 오디션과 2차 오디션 때 지겹도록 했다. 하지만 승필은 규현이 원한다면 다시 배우들에게 자기소개를 시키겠다고 말했다.

국제콘텐츠진흥원에서 규현을 얼마나 중요하게 생각하고 있는지 알 수 있는 부분이었다.

"그렇다면 굳이 번거롭게 그러실 필요 없습니다."

"알겠습니다."

승필은 고개를 끄덕였고 규현은 다시 민혜의 연기에 집중했다.

민혜의 연기는 끝을 보이고 있었다.

"저를 베고 가세요."

민혜가 비장한 각오가 느껴지는 표정으로 대사를 읊었다.

규현을 비롯한 심사 위원들은 감탄했다.

그녀의 한마디에 많은 감정이 섞여 나왔다.

살짝 떨리는 눈동자까지 규현이 글을 쓰면서 생각했던 송아라의 모습을 그대로 복사해서 옮겨놓은 것 같았다.

"자유 연기를 부탁해도 되겠습니까?"

규현이 손을 살짝 들고 자유 연기를 요청했다.

송아라 역이 아닌 다른 연기를 하는 모습도 한번 보고 싶었다.

그녀는 규현의 요청에 한 치의 망설임도 없이 자유 연기를 시작했다.

1차 오디션과 2차 오디션에서도 자유 연기를 보인 적이 있었지만 그때와는 다른 내용이었다.

"해바라기가 해만 바라보듯이, 나도 너만을 사랑해."

분위기가 반전됐다.

좀 전에는 당장이라도 깨질 것 같은 살얼음판을 걷는 느낌이었는데, 지금은 적당히 딱딱한 땅 위를 맨발로 걷는 느낌이었다.

"상당히 연기를 잘하네요. 제가 TV를 잘 보지 않아서 그런데, 혹시 유명한 배우입니까?"

규현은 민혜에 대한 궁금증을 참지 못하고 승필에게 물었다.

바쁜 일상 때문에 드라마나 영화를 잘 보지 못해서 그는 배우들을 잘 몰랐다.

"작가님, 프로필 보시면 아시겠지만 최민혜 씨는 완전 신인입니다. 오히려 유선아 씨가 기성배우죠."

규현의 옆자리에 앉아 있던 승필은 펜 끝으로 프로필을 가리켰다.

그의 말에 규현은 민혜의 연기를 슬쩍슬쩍 보며 프로필을 읽었다.

사실 프로필은 그렇게 중요하다고 생각하지 않아서 대충 읽어봤었다.

다시 읽어보니 민혜의 경력란이 사실상 백지에 가깝다는 것을 확인할 수 있었다.

민혜의 자유 연기가 끝나지 않았지만 규현은 점수를 기록하는 부분에 최고 점수를 적어 넣었다.

다른 심사 위원들의 표정을 보니 그들도 꽤 높은 점수를 줄 것 같았다.

규현이 점수를 기록하는 사이에 민혜의 연기는 끝을 보이고 있었다.

마지막 대사를 끝내고 그녀는 공손하게 인사를 하고는 무대에서 내려갔다.

"다음은 남자 주연배우 차례입니다."

진행 요원이 간단하게 안내 멘트를 날렸다.

진행 요원이 퇴장하기 무섭게 남자 배우가 무대 위로 올라왔다.

"장강석입니다. 예쁘게 봐주세요!"

냉철해 보이는 얼굴과는 다르게 밝은 목소리로 자신의 이름을 밝히는 강석은 진행요원이 사인을 보내자 연기를 시작했다.

"과거로 온 순간, 상부와의 연락은 두절되었다. 이제는 결단을 내려야만 하는 순간이다."

좀 전까지만 해도 강석의 입가에 살짝 머금고 있던 웃음기가 순식간에 사라졌다.

그는 냉정한 표정이 되어 차가운 목소리로 연기를 펼쳐 나갔다.

그의 연기를 본 규현은 침착하게 점수를 기록했고 강훈이 손을 들어 올렸다.

"자유 연기를 보고 싶습니다. 가능하십니까?"

"예. 가능합니다."

강훈의 요구에 강석은 자유 연기를 시작했다.

국제콘텐츠진흥원에서 기획 중인 드라마 '양반탈'과 비슷한 분위기의 자유 연기였다.

아무래도 자신은 이런 분위기에 특화되어 있다는 것을 어필하고자 하는 것 같았다.

"수고하셨습니다."

그의 연기를 본 심사 위원들이 점수를 기록했다.

그의 표정을 보니 자유 연기로 긍정적인 반응을 이끌어내는 데 성공한 것 같았다.

규현은 최종 점수를 기록하기 전에 프로필을 다시 한번 살펴보았다.

규현은 잘 몰랐지만 경력이 화려한 것으로 보아 꽤 유명한 배우인 듯했다.

'어쩐지 연기를 잘하더라.'

규현은 고개를 끄덕였다.

규현은 연기를 보는 눈은 없었지만 방금 그가 보여준 연기는 결코 신인이 할 수 있는 연기가 아니라는 것만큼은 확실하게 알 수 있었다.

무엇보다 마음에 들었던 점은 민혜와 마찬가지로 강성 역시 등장인물이 빙의한 것처럼 규현의 머릿속에 저장되어 있는 조민혁의 이미지와 딱 맞는 모습을 연출했다는 것이었다.

규현은 연기 전문가가 아니었다.

그래서 그는 등장인물과 가장 잘 어울리는 배우에게 가장 많은 점수를 주고 있었다.

규현은 최종 점수를 적어 넣고 다시 무대 쪽으로 시선을 옮겼다.

이제 강석이 내려가고 다른 배우가 올라왔다.

"최지성입니다. 잘 부탁드립니다."

지성은 조금 야비해 보이는 인상을 주었다.

첫인상으로 사람을 판단할 수는 없지만 규현은 자신도 모
르게 눈살을 찌푸리고 말았다.

"연기, 시작하겠습니다."

진행 요원이 연기를 시작해도 좋다는 것을 수신호로 보내
자 그는 고개를 끄덕이며 연기를 시작할 것을 선언했다.

그러고는 차분히 호흡을 가다듬은 뒤 입을 열었다.

"과거로 온 순간 상부와의 연락은 두절되었다. 이제는 결단
을 내려야만 하는 순간이다."

조금 피곤해 보이는 얼굴이었지만 연기가 시작되자마자 표
정은 물론이고 전체적인 분위기까지 완전히 바뀌었다.

혹시나 싶어서 프로필을 확인해 보니 역시나 기성배우였다.

강석만큼은 아니었지만 경력이 제법 화려했다.

"경력이 제법 화려하네요."

"네. 아무래도 최지성 씨는 국내에서 제법 이름이 있는 배
우니까요."

규현의 말에 승필이 대답했다.

"자유 연기 가능하시겠습니까?"

규현과 승필의 대화가 끝나는 순간, 지성의 연기가 끝났고
강훈은 그에게 자유 연기를 요청했다.

지성은 입가에 희미한 미소를 머금은 채 입을 열었다.

"최선을 다하겠습니다."

지성의 자유 연기가 시작되었다.

규현을 비롯한 심사 위원들은 그의 연기를 유심히 관찰하며 점수를 기록했다.

"감사합니다."

지성은 허리를 숙인 뒤 무대를 내려갔다.

심사 위원들은 최종 점수를 적어 넣자 진행요원이 다가와서 프로필과 점수 기록지를 가져갔다.

"팀장님, 그럼 결과는 언제 나오는 겁니까?"

"일단 이 점수와 심사평을 바탕으로 내부에서 회의를 진행할 겁니다. 당연히 작가님도 참여하실 거죠?"

승필의 물음에 규현은 고개를 끄덕이며 입을 연다.

"네. 물론입니다."

"오디션은 어떠셨습니까?"

"재밌었습니다. 그리고 시간도 많이 빼앗지 않아서 좋았습니다."

규현은 작가이기 때문에 오디션 심사 위원을 한 번도 한 적이 없었다.

처음 겪어보는 경험이었기 때문에 색다르고 재밌었다. 무엇보다 최종 오디션이다 보니 참가자가 4명밖에 되지 않아 자신의 시간을 많이 빼앗지 않았다는 게 마음에 들었다.

"하하하, 그렇군요. 그럼 또 연락드리겠습니다."

"네. 알겠습니다."

규현은 다른 심사 위원들에게 가볍게 묵례를 하는 것으로 작별을 고하고는 주차장을 향해 발걸음을 옮겼다.

긴 복도를 걷고 있는데 세련되고 고급스러워 보이는 정장을 입은 남자가 규현의 앞에 나타났다.

"혹시 정규현 작가님 되십니까?"

"그렇습니다만?"

자신의 앞을 막았다는 것에서 살짝 불쾌감을 느낀 규현은 가볍게 눈살을 찌푸린 채 대답했다.

"갑자기 앞을 막아서 죄송합니다. 저는 이런 사람입니다."

실수를 깨달은 남자는 지갑에서 자신의 명함을 꺼내 규현에게 건넸다.

"센터마인 엔터테인먼트?"

명함에는 센터마인 엔터테인먼트 홍보실장 박용덕이라고 적혀 있었다.

규현의 기억이 틀리지 않다면 오늘 오디션을 봤던 배우 중에 2명이 센터마인 엔터테인먼트 소속이었을 것이다.

그 2명은 최지성과 유선아였던 것으로 기억하고 있었다.

"넵! 센터마인 엔터테인먼트의 홍보실장 박용덕이라고 합니다! 실례가 되지 않는다면 앞으로 같이 일하게 될지도 모르는 정규현 작가님에게 저녁 식사를 대접하고 싶습니다. 혹시 시간 되십니까?"

용덕의 말에 규현은 눈살을 찌푸렸다.

규현도 바보가 아니었기 때문에 지금 이게 접대라는 것을 알고 있었다.

"죄송합니다만, 힘들 것 같군요."

규현은 접대를 받아본 적은 없었지만 접대라는 행위를 좋아하는 편은 아니었다.

그래서 용덕의 말을 들은 순간 살짝 거부감이 들었다. 단호하게 거절 의사를 내비치며 발걸음을 옮기려 했으나 용덕이 다시 규현의 앞을 막았다.

"작가님, 제발 저 좀 살려주세요. 작가님이 이대로 가시면 저는 잘릴 수도 있습니다. 제게는 아직 돌도 지나지 않은 딸이 있어요. 부탁입니다."

통상적인 방법이 통하지 않자 애원을 하는 용덕이었다. 스마트폰에 저장된 딸의 사진까지 보이며 애절하게 부탁을 하는 그의 모습에 규현은 마음이 살짝 흔들렸다.

'저녁 한번 얻어먹는 것 정도는 괜찮겠지?'

규현은 처음에는 거부 반응을 보였지만 용덕의 애원에 마음이 조금씩 열렸다.

끝내는 저녁만 얻어먹고 오자는 생각까지 할 정도였다.

"좋습니다. 가시죠."

"가, 감사합니다!"

규현이 승낙하자 그는 넙죽 엎드리다시피 감사를 표한 뒤 규현과 함께 주차장으로 향했다.

"혹시 차량 있으십니까?"

용덕이 물었다.

규현이 차가 없다면 자신의 차로 같이 이동할 생각이었다. 하지만 규현은 대답 대신 바로 옆에 주차되어 있는 차를 검지로 가리켰다.

"그럼 제가 먼저 출발할 테니 따라오시면 될 것 같습니다. 혹시 모르니 간단한 위치를 문자메시지로 보내 드리겠습니다. 작가님 전화번호 좀 알려주시겠습니까?"

규현은 흔쾌히 전화번호를 불러주었다.

전화번호를 전달받은 그는 곧바로 규현에게 목적지의 간략한 위치를 전송해 주었다.

"그럼 조금 이따가 뵙겠습니다."

두 대의 차량이 주차장을 빠져나왔다.

목적지는 생각보다 가까웠기 때문에 금방 도착할 수 있었다.

용덕이 데려간 곳은 고급 한정식 전문점이었다.

"들어가시죠."

규현이 차에 앉아 한정식 전문점치고는 거대한 건물을 구경하는 사이에 용덕이 차에서 내려 규현의 차 문을 열어주며 말했다.

규현은 차에서 내려 리모컨으로 차 문을 잠근 뒤 용덕과 함께 안으로 들어갔다.

"예약하셨나요?"

"네, 박용덕입니다."

"잠시만 기다려 주시겠어요?"

아마도 미리 예약을 한 것 같았다.

용덕이 자신의 이름을 말하자 단정한 차림의 종업원이 예약 명단을 확인했다.

"안내해 드리겠습니다."

그녀는 깊숙한 곳에 있는 내실로 두 사람을 안내했다. 규현이 먼저 자리에 앉았고 용덕이 규현의 앞에 앉았다.

"제일 잘나간다는 것으로 주문을 했는데, 괜찮으시죠?"

용덕이 조심스럽게 물었다. 규현은 고개를 끄덕이며 입을 연다.

"전 아무거나 상관없습니다."

"하하하. 그럼 다행입니다."

용덕은 웃음을 흘리며 수저를 놓았다.

규현의 앞에 수저 하나, 그리고 용덕 자신의 앞에 수저 하나, 그리고 마지막으로 규현의 옆자리에 수저 하나가 놓여졌다.

규현은 자신의 옆자리에 놓인 수저를 내려다보며 입을 열었다.

"한 사람 더 오는 건가요?"

규현의 물음에 용덕은 의미를 알 수 없는 묘한 표정으로 스마트폰을 확인했다.

"갑자기 차가 밀려서 늦는다고 하는군요."

"누가 오는 거죠?"

접대받는 입장이라, 용덕 외에도 한두 명 정도는 동석하게 될 것이라고 예상했다.

그리고 아마도 동석하게 될 사람은 센터마인 엔터테인먼트의 관계자일 확률이 높았다. 그런데 문제는 수저의 위치였다.

보통 이런 경우 용덕의 옆에 앉는 것이 일반적이다.

그렇다면 수저는 용덕의 옆자리에 놓여야 했다. 그런데 용덕은 수저를 규현의 옆자리에 놓았다.

규현은 두 눈을 가늘게 뜨고 옆자리에 놓인 수저를 노려보았다. 설마 하는 생각이 들었지만 이내 규현은 고개를 거칠게 저으며 그 추측을 떨쳐냈다.

"작가님도 마음에 드실 겁니다."

용덕이 말을 끝내기 무섭게 누군가 가볍게 노크했다. 용덕의 두 눈이 반짝였다.

"들어와."

명백한 하대(下待).

이것으로 동석자의 지위는 용덕보다 아래에 위치해 있다는 것이 확실해졌다.

문이 열리고 들어오는 사람을 본 규현의 얼굴이 딱딱하게 굳었다.

'젠장.'

그리고 욕설을 내뱉었다.

"안녕하세요."

동석자는 여자였다. 그녀는 조심스럽게 규현의 옆자리에 앉았다.

작정을 하고 나온 것인지 자극적인 향기가 규현의 코끝을 간질였다.

"저희 회사 대표 걸그룹 S걸스의 리더입니다. 수현아, 어서 인사드려야지."

"S걸스의 윤수현입니다. 작가님, 잘 부탁드려요."

규현은 몸을 돌려 수현에게 시선을 보냈다.

그녀는 분명 웃고 있었지만 목소리는 불안하게 떨리고 있었다. 그녀의 목소리에서 느껴지는 슬픔을 읽어낸 규현은 그녀의 얼굴을 자세히 들여다보았다. 그녀는 억지로 웃고 있었다.

"네. 반갑습니다."

규현이 말했다.

윤수현은 가볍게 웃었다.

그녀는 내면의 슬픔을 숨기려고 노력하고 있었지만 규현의 눈을 속이지는 못했다. 그녀는 웃고 있었지만 울고 있었다.

"S걸스를 들어보신 적 있으시죠? 요즘 한참 뜨고 있습니다. 하하하."

"네. 들어본 적 있습니다."

용덕의 말에 규현은 어색하게 웃으면서 고개를 끄덕였다.

규현은 텔레비전을 잘 안 보는 편이었지만 가요 프로그램 정도는 가끔 인터넷으로 봤다. 그래서 S걸스가 최근 유명세를 타고 있는 걸그룹이라는 것 정도는 알고 있었다.

"사실 우리 수현이가 작가님 광팬이라고 하더라고요. 그래서 실례를 무릅쓰고 이 자리에 불렀습니다. 하하하."

"그렇습니까?"

용덕의 말에 규현은 입가에 미소를 머금었다.

그는 용덕이 거짓말을 하고 있다고 생각했다.

만약 수현이 정말 자신의 팬이라면 규현의 옆에 있는 것을 이렇게 불편해하지는 않았을 것이다.

그녀는 내색하지 않으려고 노력하고 있었지만 규현은 그녀가 불편해하고 있다는 것을 느낄 수 있었다.

"잠깐 실례하겠습니다."

용덕이 잠시 자리를 비웠다.

그가 내실에서 나가기 무섭게 수현은 한 통의 문자메시지를 받았다.

그녀가 손으로 가리고 있어서 내용을 확인할 수는 없었지만 누가, 어떤 내용의 문자메시지를 보냈는지 대충 짐작할 수 있었다.

"하아."

문자메시지 내용을 확인한 수현은 작게 한숨을 쉬고는 규현을 향해 복잡한 눈빛을 보냈다.

마치 '나를 구해줘요'라고 말하는 것 같아서 규현의 마음은 편치 않았다.

당장에라도 뛰쳐나가고 싶었지만 그렇게 하면 수현에게 불이익이 갈지도 모른다고 생각했기 때문에 일단은 앉아 있기로 했다.

'마지막 선을 넘지만 않았으면 좋겠군.'

규현은 속으로 생각하며 물을 마셨다.

내실 문이 열리고 용덕 대신에 종업원이 들어와 여러 가지 반찬과 메인 요리들을 식탁 위에 올려놓기 시작했다.

"힘들죠?"

식탁 위로 음식을 다 옮긴 종업원이 떠나고 문이 닫히자 규현이 대뜸 말을 걸었다.

그의 말에 수현은 시선을 회피했다. 그리고 그녀는 침묵했다.

"혹시 지금 제가 가는 게 도움이 될까요? 그렇다면 적당히 핑계를 대고 갈게요."

그 말에 수현은 고개를 저었다.

그녀의 의사가 어느 정도 포함되어 있는지는 모르겠지만 일단은 자리를 지키는 게 좋을 것 같았다.

규현은 고개를 끄덕이며 물이 담긴 컵을 입가로 가져갔다.

"늦어서 죄송합니다."

내실 문이 열리고 용덕이 들어왔다.

그는 들어오면서 규현 몰래 의미심장한 눈빛을 수현에게 보냈다.

용덕의 눈빛을 받은 수현은 마른침을 삼키며 주먹을 꼬옥 쥐었다.

복잡하고 어색한 분위기 속에서 식사가 끝나고, 세 사람은 주차장으로 내려왔다.

"작가님! 잠시만요!"

규현이 차 문을 열고 운전석에 탑승하려는 순간, 용덕이 수현과 다가왔다.

"무슨 일이시죠?"

용덕은 규현의 말에 대답 대신 어떤 열쇠를 하나 건넸다.

열쇠에는 310호라는 글자가 적힌 열쇠고리가 붙어 있었다.

모텔 열쇠였다.

이것이 의미하는 것은 하나밖에 없다. 열쇠를 받아 든 규현의 표정이 급격히 냉랭해졌다.

"제가 아주 좋은 방을 잡아두었습니다."

규현의 표정이 냉랭하게 식은 줄도 모르고 좋다고 떠드는 용덕을 날카롭게 노려보며 규현이 입을 열었다.

"이거 가져가세요."

"네?"

"가져가시라고 말했습니다."

냉기가 흐르는 규현의 목소리에 용덕은 뭔가 잘못되었다는 것을 뒤늦게 깨달았다.

규현은 더 이상 말할 가치도 없다는 표정으로 310호실 열쇠를 용덕에게 던졌다. 열쇠는 용덕의 가슴에 부딪치고 바닥에 떨어졌다.

"작가님, 혹시 수현이가 마음에 안 드시면 다른 '여자'들도 많습니다. 지금이라도 부르면 바로 달려올 수도……."

용덕은 정신을 못 차리고 떠들었다.

규현은 냉랭한 표정으로 그의 멱살을 잡았다.

"켁! 자, 작가님!"

"시, 실장님!"

수현은 두 사람을 말릴 생각도 못 하고 발만 동동 굴렀고 규현은 차가운 눈으로 용덕을 노려보며 입을 열었다.

"잘 들어요. 나는 저렇게 새파랗게 어린 친구를 내세워서 접대나 시키는 그런 인간 쓰레기와는 일 안 합니다."

규현의 말에 용덕의 안색이 창백해졌다.

뒤늦게야 상황이 자신에게 불리하게 돌아가고 있다는 사실을 깨달은 것이었다.

"저한테 접대가 들어온 것을 보니, 이미 다른 심사 위원들에게도 접대가 들어갔겠죠? 제 말이 틀렸습니까?"

규현의 말에 용덕은 고개를 저었다.

"그, 그건 아닙니다. 저희가 접대를 시도한 심사 위원은 작가님이 유일합니다."

강훈 감독은 접대 자체를 극도로 혐오하는 사람이었기 때문에 시도조차 하지 않았고 다른 심사 위원들은 접대를 할 가치가 없다고 생각하고 있었다.

그래서 이런 것에 면역력이 없고 영향력이 있는 규현을 목표로 잡은 것이었다.

"콜록! 콜록!"

규현은 용덕을 놓아주자 간신히 해방된 용덕은 거친 기침을 토해냈다.

규현은 말없이 차 문을 열고 운전석에 탑승했다.

"자, 작가님!"

어느 정도 호흡을 정돈한 용덕은 차 문에 달라붙어 창문을 가볍게, 하지만 다급하게 두드렸다.

참다 못한 규현이 창문을 열었다.

"작가님, 한 번만 더 생각을 해주시면……."

"당신들은 넘어서는 안 될 선을 넘었어."

규현은 말을 마치며 창문을 올렸다. 그러고는 시동을 걸고 집이 있는 방향을 향해 차를 몰았다.

"작가님!"

용덕이 애처롭게 울부짖었지만 이미 규현의 차는 멀어진 뒤였다.

＊　　　　＊　　　　＊

다음 날 규현은 강의를 전부 끝내기 무섭게 국제콘텐츠진흥원으로 '직접' 찾아갔다.

국제콘텐츠진흥원 사옥 주차장에 차를 주차한 규현은 1층의 데스크로 향했다.

"어떤 일로 찾아오셨습니까?"

"조승필 팀장님을 만나러 왔습니다."

규현의 말에 직원은 미소를 잃지 않은 채 다시 입을 열었다.

"약속을 잡으셨나요?"

"아뇨."

"조승필 팀장님은 지금 한창 바쁘셔서 따로 약속을 하지 않으시면……."

직원이 정중하게 규현을 내쫓으려고 할 때 옆에 있던 익숙한 얼굴의 여직원이 남자 직원의 허리를 검지로 찔렀다.

"정규현 작가님이셔! 내가 안내할게."

그렇게 말하며 남자 직원을 옆으로 보내고 여직원은 규현의 앞에 섰다.

익숙한 얼굴이라 자세히 보니, 아니나 다를까, 처음 이곳에 왔을 때 규현을 안내했던 여직원이었다.

"아! 그때 그분이시군요."

"정소희라고 합니다."

소희는 자신의 이름을 밝혔다. 규현은 고개를 끄덕이며 입을 열었다.

"조승필 팀장님을 만나러 왔습니다. 만날 수 있을까요?"

"팀장님께서 정규현 작가님이 찾아오시면 언제라도 상관없으니 안내하라고 말씀하셨습니다. 이쪽으로 오시죠."

저번에 와서 길은 대충 알고 있었지만 소희의 안내를 받은 규현은 승강기를 타고 3층으로 이동했다.

승강기 안에서 소희는 승필에게 규현과 함께 드라마 산업 팀 사무실로 가고 있다는 문자메시지를 보냈다.

메시지 전송이 끝나기 무섭게 승강기는 3층에 도착했다. 이

읔고 승강기 문이 열리고 규현이 앞으로 발걸음을 옮겼다.

"저는 이만 가보겠습니다."

"네. 수고하세요."

소희는 다시 승강기를 타고 1층으로 내려갔고 규현은 드라마 산업팀 사무실로 발걸음을 옮겼다.

"작가님!"

소희의 문자메시지를 받고 사무실 앞에서 규현을 기다리고 있던 승필은 멀리서 다가오고 있는 규현을 발견하고는 반가운 표정으로 손을 흔들었다.

평소였다면 같이 웃으며 인사를 했겠지만 지금은 그럴 기분이 아니었다.

"안녕하세요."

그렇다고 해서 죄 없는 승필을 무안하게 만들 수는 없었기 때문에 규현은 어색한 표정으로 웃으며 그에게 다가갔다.

"일단 들어가시죠."

눈치 빠른 승필은 규현의 분위기가 평소와는 다르게 뭔가 심각하다는 것을 알아채고는 조심스럽게 사무실 문을 열었다.

사무실 내부에 마련된 응접실로 이동한 두 사람.

심각한 표정의 규현을 보며 승필이 조심스럽게 입을 열었다.

"아직 회의 일정이 잡히지 않았는데, 갑자기 찾아오셔서 조금 놀랐습니다."

저번에 왔을 때 차와 과자를 내주었던 직원이 이번에도 차와 과자를 내주었고, 따뜻한 녹차를 입가로 가져가며 승필이 말했다.

규현이 갑자기 찾아와서 조금 놀란 모양이었다.

"실은 꼭 드릴 말씀이 있어서 찾아왔습니다."

"그럼 일단 사무실로 들어가시죠."

규현이 심각한 목소리로 말문을 열자 승필은 본능적으로 밖으로 새어 나가선 안 될 말이라는 것을 파악하고 규현을 회의실로 인도했다.

회의실은 밀폐되어 있기 때문에 비밀 이야기(?)를 나누기에 안성맞춤이었다.

"이제 말씀하시죠."

"내부 회의는 아직 하지 않으셨겠지만 어느 정도 이야기는 오갔을 것이라 생각합니다. 그렇죠?"

"네. 그렇습니다. 간단한 이야기는 주고받은 상황입니다."

규현의 질문에 승필은 고개를 끄덕이며 긍정했다.

본격적인 회의는 열리지 않았지만 직원들끼리 간단하게 의견을 주고받았고 승필의 상사인 2본부장의 생각도 간단하게 전달받은 뒤였다.

"현재 심사 상황을 알 수 있겠습니까? 곤란하다면 알려주지 않으셔도 됩니다."

"작가님께서 알려달라고 하시는데, 당연히 알려 드려야죠. 잠시만 기다려 주시겠어요?"

심사 상황은 회사 내부 비밀이었지만 승필은 규현의 요청에 흔쾌히 공개하겠다고 했다.

그는 규현에게 잠시만 기다려 줄 것을 부탁하며 회의실 문을 열고 나가 담당 직원을 호출했다.

몇 분이 지난 후, 회의실 문이 다시 열리고 승필이 가벼운 미소를 머금은 채 걸어 들어와 의자에 앉았다.

그는 서류 케이스를 들고 있었다.

"확인해 보시죠."

승필은 서류 케이스에서 서류를 꺼내 규현에게 건넸다. 승필이 건넨 서류는 최종 오디션에 올라온 배우 4명의 프로필이었다.

페이지를 넘기니 해당 배우의 심사평과 심사 위원들이 부여한 점수들이 기록된 심사 현황이 보였다.

'조금 이상하네?'

배우 4명의 심사 현황을 확인한 규현은 눈살을 찌푸렸다.

최종 오디션까지 올라온 배우 4명 중에 센터마인 엔터테인먼트 소속은 최지성과 유선아 2명이었다.

최지성 같은 경우엔 장강석에 비해 실력과 경험도 턱없이 부족해서 그런지 장강석의 심사 현황표와 비교했을 때 점수 차이가 많이 났지만 유선아와 최민혜는 아니었다. 분명 최민혜가 연기도 더 잘하고 배역에 어울렸지만 점수는 유선아와 비슷했다.

아마도 회의에서 결판이 날 것 같았는데, 만약 규현이 접대에 넘어갔다면 민혜는 선아에게 밀리고 말았을 것이 분명했다.

"유선아의 점수가 생각보다 높네요. 특히 국제콘텐츠진흥원 측 심사 위원들의 점수가 높군요."

규현이 날카로운 눈빛으로 물었다. 승필은 그의 시선을 피했다.

"솔직하게 말씀해 주시면 감사하겠습니다."

규현의 분위기에 압도당한 승필은 볼을 긁으며 입을 연다.

"실은 센터마인 엔터테인먼트에서 드라마 제작에 5억을 투자하기로 했습니다. 전체 드라마 제작비로 봤을 땐 적은 금액이지만 현재 투자자 유치가 힘든 실정이라서요. 투자 하나하나가 절실합니다."

"그렇군요."

"초창기만 해도 대왕사신기와 비슷한 규모의 드라마를 기획했었지만 지금 투자자가 모이지 않아서 규모가 30% 정도 줄어들었습니다."

승필의 말에 규현은 고개를 끄덕였다. 어느 정도 예상했던 내용이었다.

아마 센터마인 엔터테인먼트는 이 거대한 물결에 자사의 배우들을 흘려보내 인지도를 올리겠다는 생각일 것이다.

"그렇다면 센터마인 엔터테인먼트를 대신할 투자자가 나오면 공정한 심사가 가능한 겁니까?"

"저는 이미 공정하게 심사하고 있습니다만, 센터마인 엔터테인먼트를 대신할 투자자가 나타난다면 윗선도 조금 더 공정한 심사가 가능하겠지만, 다른 투자자를 찾는 게 쉽지는 않을 겁니다."

규현은 서류를 정리해서 테이블 위에 놓인 서류 케이스 안에 넣었다. 그러면서 승필을 보며 입꼬리를 끌어 올렸다.

"투자자 여기 있네요."

"네?"

규현의 말을 승필은 아직 이해하지 못한 모양이었다. 그런 승필을 보며 규현은 다시금 입을 연다.

"제가 투자하겠습니다. 10억이면 충분하겠죠?"

"10억을 투자하시겠다는 말씀이십니까?"

승필이 놀란 얼굴로 규현을 보며 말했다.

10억이라는 금액은 개인이 쉽게 언급할 수 있는 금액이 아니었다. 그래서 승필은 순간 자신이 잘못 들었나 싶어서 규현에게 다시 물었다.

"필요한 서류를 준비해 주시면 바로 입금하겠습니다."

"그럼 투자 계약서를 준비하겠습니다."

승필은 본능적으로 규현의 말이 농담이 아니라는 것을 깨닫고 투자 계약서를 준비하기로 했다.

10억이라는 돈은 분명 많은 돈이었지만 규현의 능력을 생각해 볼 때, 그에게 10억은 그렇게 많은 돈이 아닐 수도 있었다.

"기다리고 있겠습니다."

승필은 잠시 자리를 비웠다.

다시 그가 회의실로 돌아왔을 때, 그의 손에는 투자 계약서로 보이는 서류가 있었다.

규현은 투자 계약서 내용을 꼼꼼하게 읽어본 뒤 서명했다.

"오늘 은행 업무가 끝나기 전에 입금하겠습니다."

"천천히 하셔도 됩니다."

"아뇨. 제가 빨리 확실히 하고 싶어서 말입니다."

규현은 그렇게 말하며 이제는 차갑게 식어버린 녹차를 한 모금 마셨다.

"확실히 해두죠. 제가 센터마인이 투자하기로 한 금액의 2배를 투자하기로 했습니다. 이제 유선아에 대한 특혜는 없어야 합니다. 아시겠습니까? 투자 계약서 특약에 분명히 명시해 두

었습니다. 만약 그녀에 대한 특혜가 철회되지 않는다면 투자는
없었던 게 될 것입니다."

규현은 국제콘텐츠진흥원에서 선아를 향한 특혜를 철회할
것을 강조했다.

구두계약은 사실상 거의 효력을 발휘하지 못한다는 것을
잘 알고 있기 때문에 특약 사항에 선아에 관한 내용을 기재해
두었다.

규현이 투자금을 입금하는 순간 특약이 효력을 발휘하도록
되어 있었다.

"물론입니다. 투자금이 입금되면 아마 윗선에서도 별말을
하지 않을 겁니다."

"그럼 다행이군요."

규현은 대답과 함께 남아 있는 녹차를 다 마셨다. 그리고
투자 계약서를 가방에 넣은 뒤 의자에서 일어났다.

"가시려고요? 아직 은행 업무 시간은 여유가 있습니다만."

승필은 사무실에 걸려 있는 시계로 시간을 확인했다.

아직 은행 업무가 종료되려면 시간이 조금 남아 있었다. 규
현은 입가에 희미한 미소를 그렸다.

"아슬아슬하게 도착하는 것보단 여유롭게 가는 게 좋을 것
같다고 생각돼서 그렇습니다. 그리고 회의 일정은 최대한 빨
리 잡아주셨으면 좋겠습니다."

선아에 대한 윗선의 지지가 무너지면 회의를 해도 결과는 정해져 있는 것이나 다름없었지만 만약의 경우가 있을 수도 있기 때문에 직접 참석할 필요가 있었다.

"네. 최대한 빨리 일정을 잡아서 따로 연락을 드리겠습니다."

승필이 말했다.

국제콘텐츠진흥원에선 이번 드라마 기획에 모든 것을 걸었다. 그래서 가장 중요한 구성 중 하나라고 볼 수 있는 규현이 작품에 집중할 수 있도록 윗선에서는 승필에게 특별히 신경쓸 것을 당부했다.

10억이라는 투자금은 전체 제작비로 볼 때는 많다고는 볼 수 없었지만 여러 의미로 절박한 국제콘텐츠진흥원에 있어서는 가뭄의 단비와 같은 존재였다.

투자자와 스토리 작가라는 환상적인 콜라보레이션이었다.

"그럼 수고하세요."

규현은 그렇게 말하며 사무실을 나왔다.

승필은 사옥 1층까지 내려와 규현을 배웅했고 사옥을 나온 규현은 차를 타고 바로 은행으로 가서 국제콘텐츠진흥원의 계좌로 10억을 입금했다.


\*            \*            \*

규현의 요구대로 승필은 최대한 빠르게 회의 일정을 잡았다. 그리고 규현에게 일정을 전달했다.

　회의 시간은 마치 학교를 다니고 있는 규현을 배려라도 한 것처럼 늦은 오후였다. 덕분에 규현은 학교를 마치고 여유롭게 회의에 참석할 수 있었다.

　회의는 규현의 예상대로 진행되었다.

　센터마인 엔터테인먼트의 최지성 같은 경우엔 장강석에게 압도적으로 밀리고 있었기 때문에 만장일치로 강석이 남자 주연배우로 발탁되었다.

　여자 주연배우의 자리에선 처음에는 선아와 민혜를 두고 의견이 분분했지만 규현이 민혜에게 힘을 실어주자 대부분이 규현의 움직임에 동참해서 여자 주연배우인 송아라 역을 맡을 배우로는 민혜로 확정되었다.

　오디션의 최종 결과가 네 사람에게 전달되었고 강석, 그리고 민혜와의 미팅 날짜가 잡혔다.

　먼저 미팅 날짜가 잡힌 쪽은 남자 주연배우인 강석이었다. 그와의 만남은 꽤나 유쾌했고 긍정적인 분위기 속에서 미팅이 끝났다.

　다만 문제는 민혜와의 미팅이었다.

　"유익한 만남이었습니다. 그럼 다음에 뵙겠습니다."

"작가님, 수고하셨습니다."

미팅이 끝나고 규현과 민혜, 그리고 그녀의 매니저가 의자에서 일어난 순간이었다.

누군가 세 사람이 앉아 있던 테이블을 향해 **빠른** 속도로 접근했다.

어느 정도 거리가 가까워지자 규현은 그녀가 누군지 알 수 있었다.

"유선아?"

센터마인 엔터테인먼트 소속 배우로 최종 오디션까지 올라왔던 유선아였다.

그녀는 테이블에 다가와 세 사람을 번갈아 노려보았다.

규현은 눈살을 살짝 찌푸렸다.

도대체 어떻게 미팅 장소를 알아냈는지는 모르겠지만 그건 중요한 게 아니었다.

"유선아 씨가 여기는 어쩐 일이신가요?"

규현이 다소 차가운 목소리로 물었다.

센터마인 엔터테인먼트가 워낙 좋지 않은 행동을 해서 그런지 소속된 배우에 불과한 선아도 좋게 보이지 않았다.

규현은 그렇게 보지 않으려고 노력했지만 그래도 좋은 감정이 생기지 않는 것은 어쩔 수 없었다.·

"정규현 작가님이시죠?"

선아는 다시 자리에 앉은 민혜를 슬며시 노려보며 말했다.

규현은 고개를 끄덕였다.

"네. 그렇습니다만."

"제가 오디션에서 떨어진 이유를 설명해 주셨으면 해서 이렇게 찾아왔어요."

그렇게 말하며 선아는 팔짱을 꼈다. 그리고 민혜를 향해 날카로운 시선을 보냈다.

"어떻게 이런 대작에 검증도 되지 않은 신인을 뽑을 수가 있는 거죠?"

말을 마치며 선아는 이를 살짝 악물었다.

신인에게 졌다는 사실이 많이 분한 모양이었다. 연기 선배의 날카로운 시선에 노출된 민혜는 잔뜩 긴장한 얼굴로 몸을 살짝 떨었다.

이쪽 세계에서 선아의 영향력은 무시하지 못할 정도였기 때문에 민혜의 매니저도 좀처럼 입을 열지 못했다.

보다 못한 규현이 입을 열었다.

"프로라면 결과를 받아들일 줄 알아야 하는 것 아닙니까?"

"원래대로라면 그렇죠. 하지만 아주 구린 냄새를 맡아버렸지 뭐예요?"

"무슨 말씀이죠?"

선아의 말에 규현은 눈살을 찌푸렸다. 그의 반응을 살핀 선아는 입꼬리를 끌어 올렸다.

"주연배우가 신인으로 확정되기 전에 누군가 국제콘텐츠진흥원에 거액의 투자를 진행했다고 하더라고요? 과연 누굴까요?"

선아가 말하는 사람이 누군지 규현이 모를 리 없었다. 바로 자신이었으니까. 선아의 행동은 어느 정도 예상했던 범주였다.

미팅 장소를 알아내서 찾아올 줄은 몰랐지만 어떤 방식으로든 그녀나 센터마인 엔터테인먼트에서 태클이 들어올 거라고 생각하고 있었다.

미팅 장소를 알아낸 건 아무래도 센터마인 엔터테인먼트에서 국제콘텐츠진흥원에 투자하는 과정에서 친해진 내부 인원이 제보했을 것이다.

"그러니까 선아 씨 말씀은 심사 과정에서 부정행위가 있었다고 말씀하시고 싶으신 겁니까?"

"저는 딱히 그런 말을 하지 않았는데, 찔리시나 봐요?"

선아의 태도에 규현은 눈살을 찌푸렸다.

그는 팔짱을 끼고 있는 선아를 향해 날카로운 눈빛을 보내며 입을 연다.

"그렇게 의심을 하신다면 지금 이 자리에서 민혜 씨가 뽑힌 이유를 설명할 수도 있습니다."

선아는 말이 없었다. 조금 당황한 것 같았다.

규현은 입꼬리를 살짝 끌어 올렸다.

기선을 잡았다.

그녀도 설마 규현이 이렇게 확신에 찬 모습으로 강하게 나올 거라곤 생각하지 못한 것 같았다.

"저는 이번 오디션에서 가장 중요하게 여기는 것이 있습니다. 바로 배역에 대한 이해도입니다. 선아 씨는 맡은 배역인 송아라에 대해서 말할 수 있겠죠? 오디션 대본과 함께 제가 직접 작성한 캐릭터 설정집도 전달되었다고 들었습니다. 그것을 조금이라도 주의 깊게 읽으셨다면 대답할 수 있을 것입니다."

규현의 질문에 선아는 쉽게 대답하지 못했다.

분명 대본과 함께 캐릭터 설정집이 전달되었지만 그녀는 굳이 설정까지 외울 필요가 있나 싶어서 대충 훑어보기만 했었다.

선아가 쉽게 입을 열지 못하자 규현은 두 눈을 가늘게 뜨고 그녀를 부드럽게 노려보며 입을 열었다.

"기성배우라면서 배역을 이해하려고 노력조차 하지 않는군요."

"당신이 연기에 대해 뭘 안다고 그래요! 저기 앉아 있는 신인도 아마 읽지 않았을걸요?"

선아의 지적에 규현은 가만히 앉아 있는 민혜를 향해 시선을 옮겼다.

"민혜 씨, 가능하시죠?"

규현은 민혜를 보며 물었다. 그는 당연히 자신이 만족할 만한 대답을 민혜가 할 수 있을 것이라고 생각하고 있었다.

오디션에서 민혜는 아라의 스타일을 완벽하게 재현한 모습이었다.

그것은 적어도 캐릭터 설정집을 한 번 이상 읽어보았다는 것을 의미했다.

"할 수 있어요."

그녀는 고개를 끄덕이며 대답했다.

그러고는 얼음이 담긴 물을 한 모금 마신 뒤 입을 열어 송아라의 모든 것을 말했다. 그녀의 키와 몸무게, 그리고 체형부터 시작해서 싫어하는 것과 좋아하는 것, 내적 갈등과 성격, 마지막으로 민혁을 향한 복잡한 감정선까지.

"세, 세상에."

그녀의 말이 끝나자 선아는 비명이 섞인 감탄을 토해냈다. 그녀는 떨리는 눈동자로 규현과 민혜의 눈치를 살피며 뒷걸음질 쳤다.

그녀는 할 말을 잃은 것 같았다.

"캐릭터에 대한 이해도의 차이가 굉장히 크게 나는 것 같습니다만."

"하, 하지만! 연기는 내가 더 잘했다는 말이에요!"

규현의 말에 선아는 발악하듯 고함을 질렀다. 카페 안에 있는 사람들의 시선이 잠깐 그들에게 집중되었다.

규현은 주변을 살폈다.

민혜는 거의 신인이라서 상관없지만 계속 시선이 집중되면 모자로 얼굴을 가린 선아가 누군지 알아차리는 사람이 있을 수도 있었다.

선아가 노출되면 조금 시끄러워질 수도 있었다. 아무래도 빨리 결정타를 먹여서 패주시키는 게 좋을 것 같았다. 그렇게 생각한 규현은 왼손으로 앞머리를 뒤로 슬쩍 넘기며 입을 연다.

"이렇게까지 설명해도 심사 위원들의 결정을 부정하는 것입니까?"

규현이 두 눈을 가늘게 뜨고 그녀를 노골적으로 노려보았다.

그의 날카로운 시선에 선아는 몸을 살짝 떨었다. 그녀는 발악하고 있었지만 이미 규현이 상황을 통제하고 있었다.

"다, 당연히 못 믿죠."

"그렇게까지 심사 위원들의 의견을 부정하는 배우와 국제콘텐츠진흥원도 함께 일하고 싶지는 않을 겁니다. 만약 국제콘텐츠진흥원에서 결정을 번복하고 당신과 일하고자 한다면 제가 나와야겠군요."

현재 국제콘텐츠진흥원에선 이미 계약을 하긴 했지만 규현을 아주 중요하게 생각하고 있었다.

현재 드라마 산업의 부진으로 인해 대기업에선 백호 그룹을 제외하면 '양반탈'에 투자하기를 망설이고 있었다. 그래서 제작비는 많은 수의 소규모 투자자들의 투자금으로 충당되고 있는 상황이었다.

백호 그룹은 주연배우를 뽑는 권한을 국제콘텐츠진흥원에 모두 맡겼기 때문에 스토리 작가에다가 투자자라는 이름을 가지고 있는 규현의 입김이 셀 수밖에 없었다.

"으으으……"

선아는 이를 악물었다. 뭔가 반박을 하고 싶었지만 할 말이 없었다. 그래서 부들부들 떠는 것 외엔 할 수 있는 게 없었다.

"이만 가볼게요. 실례가 많았습니다."

계속 있어도 달라질 것은 없다고 판단한 선아는 서둘러 발걸음을 옮기려 했으나, 그녀의 앞을 규현이 막아섰다.

"민혜 씨한테도 사과하셔야 하지 않겠어요?"

선아는 규현에게 사과하긴 했지만 민혜에겐 사과하지 않았다.

민혜 또한 선아의 갑작스러운 난입으로 크게 당황했을 텐데 말이다.

규현은 그게 마음에 들지 않아서 지적했다. 규현의 말에 선아는 이를 악물었다. 하지만 곧 배우답게 표정을 관리했다.

그녀는 민혜를 향해 몸을 돌렸다.

"미안해요, 민혜 씨."

"괘, 괜찮습니다, 선배님."

선아의 사과를 민혜는 흔쾌히 받아주었다.

사실 규현이 그녀의 편을 들어주고 있다고는 하지만 민혜에게 있어서 선아는 엄청난 대선배였기 때문에 사과를 거절하기 힘들었을 것이다.

판타지 소설 작가인 규현과 계속 작품을 할 수 있을 것이라는 확신은 없었기 때문에 조심해야 했다.

"이제 갈게요. 그래도 되지요?"

제발 가게 해달라고 하는 것 같았다. 규현은 고개를 끄덕이며 슬쩍 옆으로 비켰고 선아는 찬바람을 일으키며 카페를 나갔다.

29장

나이츠

　드라마 '양반탈'과 관련된 일들은 일단 정리되었다. 주연배우 오디션은 모두 끝났고 조연배우 오디션이 시작되었다. 승필은 규현에게 시간이 된다면 조연배우 오디션 심사 위원을 맡아달라고 말했지만 조연배우까지 신경 쓰고 싶지 않았던 규현은 모든 것을 국제콘텐츠진흥원에 맡기고 사무실로 도피했다.

　사무실에 앉은 규현은 기사 이야기를 뛰어넘을 판타지 소설을 쓰기 위해 사무실에서 깊고 복잡한 고민의 늪에 빠졌다. 기사 이야기를 뛰어넘을 작품을 쓴다는 것은 불가능이라고 느껴질 정도로 앞이 막막했다.

오디션 문제가 해결되고 여유가 생기니 앞을 가렸던 희뿌연 안개가 어느 정도 걷히는 느낌이었지만 여전히 막막한 것은 크게 변함없었다. 하긴, 잠시 고민한다고 해서 A급이나 S급 작품이 쉽게 나올 리가 없었다.

"대표님, 문자 왔어요."

탕비실 냉장고에서 캔 커피를 꺼내 가지고 나오던 지석이 규현의 곁을 지나가다 그의 스마트폰에 문자메시지가 도착한 것을 확인하고 규현에게 알렸다.

"이런, 내 정신 좀 봐. 고마워요."

규현이 볼을 긁적이며 스마트폰을 확인했다. 지석의 말대로 문자메시지가 도착해 있었다. 잠시 다른 생각을 하느라 문자 메시지가 도착했는지도 모르고 있었던 것 같았다. 규현은 스마트폰을 터치해서 문자메시지를 열었다.

[오빠! 요즘 차기작 고민도 하고 드라마와 게임까지 신경 쓴다고 엄청 힘들다고 들었어요. 힘내세요! 오빠 힘내라고 도시락도 싸주고 싶은데, 회사 일이 너무 바쁘네요. 대신 이거라도 드시고 힘내세요!]

지은이가 보낸 문자메시지였는데 기프티콘이 첨부되어 있

었다. 첨부된 기프티콘은 사무실 근처 카페에서 판매하는 아이스티였다. 지은은 커피를 즐겨 마시지 않는 규현의 취향을 정확하게 파악하고 있었기 때문에 커피 대신 아이스티 기프티콘을 보냈다.

"오빠, 누구예요?"

규현이 스마트폰을 보며 입가에 희미한 미소를 머금자 뭔가 불길한 느낌을 받은 현지가 조심스럽게 문자메시지를 보낸 사람이 누군지를 물었다. 규현은 스마트폰을 책상 위에 올려놓으며 입을 열었다.

"지은이가 문자메시지랑 기프티콘을 보냈네."

"아… 그렇군요."

규현의 대답에 현지는 고개를 끄덕였다. 그녀는 애써 괜찮은 척하고 있었지만 불안한 마음을 쉽게 감추지 못했다. 규현을 힐끔 보는 현지의 눈동자가 살짝 떨리는 것 같았다.

"상현아, 커피 사러 가자."

규현은 열심히 노트북 키보드를 두드리고 있는 상현을 불렀다. 지은이 보내준 아이스티 기프티콘을 사용하는 김에 사무실의 작가들과 직원들이 마실 커피도 사 올 생각이었다.

"잠시만요, 지금 쓰고 있는 문단만 완성하고요."

"천천히 해."

규현은 가람의 대표이기 전에 작가였기 때문에 작가의 고충을 잘 알고 있었다. 그래서 그는 상현을 재촉하지 않고 그가 문단을 완성할 수 있는 시간을 주었다.

"다들 아메리카노로 괜찮으시죠?"

"네!"

규현이 직접 커피를 사다 주겠다는데 아메리카노가 아닌 다른 메뉴를 부르는 사람은 없었다.

"저 끝났어요."

문단을 완성한 상현이 자리에서 일어났다. 규현은 그와 함께 사무실을 나섰다. 사무실 사람들은 모두 기억하고 있었기 때문에 굳이 몇 명인지 헤아릴 필요는 없었다. 지은은 바쁜 규현을 배려해서 기프티콘도 사무실 근처에 있는 카페에서 사용이 가능한 것으로 보냈다.

근처 카페에서 아이스티와 사무실 사람들이 마실 아메리카노를 구입한 두 사람은 사무실로 돌아가 사람들에게 나눠 주었다. 분배가 끝나고 규현도 의자 등받이에 몸을 기댄 편안한 자세로 노트북 키보드를 두드리며 설정을 짜기 시작했다. 한참 집중하기 시작할 때 규현의 스마트폰 벨소리가 울렸다.

"누구지?"

규현은 책상 위에 놓인 스마트폰을 들어 올려 화면을 확인했다. GE 게임즈 모바일 사업부 기획팀장 오경욱 과장이었다.

'무슨 일로 전화한 거지?'

경욱과는 최근에 세계관 설정 검토 때문에 그와 전화 통화를 한 적이 있었다. 그래서 당분간 통화를 할 일이 없을 것이라고 생각하고 있었다.

"여보세요?"

혹시 경욱이 좋지 않은 일로 전화를 걸었나 싶어서 긴장한 채 전화를 받는 규현이었다.

―정규현 작가님? GE 게임즈 모바일 사업부 기획팀장 오경욱입니다. 실은 급히 드릴 말씀이 있어서 이렇게 갑작스럽게 전화를 걸게 되었습니다.

경욱의 말에 규현은 마른침을 삼키며 집중했다.

"무슨 일이죠? 심각한 겁니까?"

―네? 아뇨. 심각한 것은 아닙니다.

경욱의 말에 규현은 안도했다. 보통 예정에 없던 연락이 급하게 오는 경우에는 나쁜 소식을 가지고 오는 경우가 많았지만 다행히 이번에는 아닌 것 같았다.

―실은 메인 퀘스트를 담당하기로 했던 작가가 3명이 있었습니다만, 그중에서 2명이 계약 직전에 말을 바꿨습니다.

"말을 바꾸다니 무슨 말씀이죠?"

―한 명은 갑자기 사정이 생겨서 할 수 없다고 하고 다른 한 명은 슬럼프에 빠지셔서 도저히 글을 쓸 수 없다고 하시네요. 아직 계약하기 전이라서 어떻게 방법이 없네요.

만약 계약을 했다면 두 명은 계약을 이행하지 않는 게 되기 때문에 GE 게임즈에서 위약금을 요구할 수 있겠지만 문제는 두 명은 계약하기 전에 마음을 바꾸거나 사정이 생겼다는 것이었다. 계약을 하지 않았다면 그 어떤 핑계를 대는 게 가능했다. 물론 핑계에 따라서 도덕적으로 찔릴 수는 있겠지만 말이다.

"그렇다면 어떻게 해야 합니까?"

─이미 개발은 들어갔고 메인 스토리가 필요한 시점입니다. 하지만 당장 메인 퀘스트 작가를 구하는 것은 힘들고, 저희 회사에는 메인 퀘스트라는 중요한 스토리 라인을 건드릴 수 있는 내부 인력이 없습니다.

GE 게임즈 내부에는 스토리 작가가 없었다. 사실 간단한 스토리는 기획자가 만들어내고 조금 세부적인 스토리는 외부의 작가들을 고용하는 추세였기 때문에 대부분의 게임 회사들이 내부에 스토리 작가를 두는 경우가 없었다.

─그래서 염치 불구 하고 작가님에게 부탁을 드리고자 합니다. 부디 메인 퀘스트를 맡아주세요!

경욱은 조심스럽게 부탁했다. 계약서에 의하면 규현이 해야 할 일은 원작 제공과 전체적인 진행 상황 감독이었다. 메인 퀘스트를 직접 쓰는 것은 포함되어 있지 않았다. 만약 규현이 거절한다면 경욱은 앞이 막막해질 것이다.

"알겠습니다. 다만, 공짜로 해줄 생각은 없습니다."

규현은 흔쾌히 수락했다. 거절할 수도 있겠지만 그렇게 되면 결과적으로 게임 제작이 늦춰지게 된다. 규현은 그것을 원하지 않았다. 물론 그렇다고 해서 공짜로 일할 생각은 없었다.

―물론입니다. 통상적인 원고료의 3배를 드리겠습니다.

"좋습니다. 제가 찾아가야 하나요?"

―아뇨. 지금 제가 계약서를 들고 찾아가겠습니다. 블로그에 나와 있는 주소대로 찾아가면 되는 것이지요?

경욱은 적극적인 모습을 보였다. 한시가 급했다. 최대한 빨리 메인 퀘스트 작업을 시작해야만 했다.

"파란책 담당자는 부르지 않아도 되는 겁니까?"

―아뇨. 이건 기사 이야기 판권과는 관계없이 저희가 따로 작가님을 고용하는 것이기 때문에 파란책과의 계약은 신경 쓰지 않으셔도 좋습니다.

규현의 물음에 경욱이 친절하게 대답했다. 기사 이야기 1부는 파란책과 계약되어 있기 때문에 판권과 관련된 계약을 진행할 땐 파란책도 함께해야 하지만 이것은 GE 게임즈에서 규현을 따로 고용하는 것이기 때문에 파란책에 연락할 필요도 없었고, 굳이 그쪽에서 알 필요도 없었다.

"그렇군요."

―그럼 작가님, 지금 당장 달려가겠습니다! 조금만 기다려

주제요.

"과속하지 마시고 천천히 오세요."

―하하하. 알겠습니다.

규현은 경욱의 웃음소리를 들으며 전화를 끊고 차기작 구상에 집중했다. 마침 오늘은 스토리를 교정해 줘야 할 원고가 없었기 때문에 차기작 구상에 집중할 수 있었다. 한참 차기작 구상에 집중하고 있을 때 조심스럽게 문이 열리고 단정한 차림의 경욱이 걸어 들어왔다.

"실례합니다."

그의 손에는 칠흑팔검을 비롯한 가람 작가들과 편집자들이 좋아하는 피로회복제 박스가 들려 있었다. 차기작 구상에 집중하고 있던 규현도 경욱의 기척을 느끼고 고개를 들었다. 경욱은 규현을 보며 희미한 미소를 머금은 채 피로회복제가 가득 들어 있는 박스를 들어 보였다.

"이거 어디에 두면 될까요?"

"제게 주시죠."

상현이 경욱에게서 피로회복제 박스를 받아 들고 탕비실로 가져갔다.

"회의실로 들어오시죠. 팀장님."

규현은 회의실 문을 열었다. 그리고 경욱을 향해 시선을 옮기며 말했다. 사무실의 작가들과 편집자들에게 간단한 인사를 한 경욱은 규현의 뒤를 따라 회의실 안으로 들어오며 조심스럽게 문을 닫았다.

규현은 말없이 서랍에서 펜을 꺼냈다. 그 모습을 본 경욱도 말없이 가방에서 계약서를 2장 꺼내 그중 한 장을 규현에게 건넸다. 계약서를 침착하게 읽어본 규현은 망설임 없이 두 장의 계약서에 서명을 하고 필요한 내용을 적어 넣었다.

"이제 끝난 겁니까?"

"일단은 끝났습니다."

규현의 물음에 경욱은 규현이 잘못 적은 부분은 없는지 계약서를 확인하면서 대답했다. 계약서에 문제가 없는 것을 확인한 그는 미리 준비한 서류 케이스에 계약서를 넣었다.

"그런데 조금 특이하네요. A4 용지 한 장당 원고료를 받는 군요."

원고료를 받는 방식이 조금 특이했지만 크게 신경 쓸 문제는 아니었다. 방식이 조금 다를 뿐 돈을 받는다는 사실은 변하지 않으니까.

"제가 오늘 안으로 설정 등이 있는 문서 파일을 보내 드릴 겁니다. 그것을 참고해서 메인 퀘스트를 써주시면 됩니다. 원작과 설정이 크게 다르지 않으니, 금방 쓰실 수 있을 겁니다."

규현은 현재 게임화를 진행 중인 기사 이야기를 쓴 원작자였다. 게임에 맞게 설정과 캐릭터들이 각색되면서 조금 변하긴 했지만 아무래도 원작자이다 보니 설정과 캐릭터들을 쉽게 이해할 수 있을 것이라고 경욱은 생각했다.

"그럼 오늘부터 바로 작업에 들어가겠습니다."

경욱은 자리에서 일어났고 규현도 일어나며 말했다. 경욱은 회의실 문을 열고 밖으로 나가며 입을 연다.

"정말 죄송하지만 최대한 빨리 해주시면 감사할 것 같습니다."

경욱의 말에 규현은 고개를 끄덕였다. 경욱은 사무실을 가로 질러 출입구 쪽으로 향했다. 용무가 끝났으니, 바로 회사로 돌아갈 생각인 것 같았다.

"다들 수고하십시오!"

"살펴가세요."

경욱이 사무실을 나가고 규현은 의자에 앉았다. 얼마 지나지 않아서 메일함을 확인해 보니 GE 게임즈에서 보낸 메일이 하나 있었다. 게임에 어울리게 각색된 세계관과 캐릭터 설정 등의 문서 파일들이었다. 규현은 모두 다운받은 뒤 빠른 속도로 읽어갔다.

많이 변했으면 어쩌나 하고 걱정했지만 다행히 많이 수정되지는 않았다. 규현은 메인 퀘스트를 쓰기 시작했다. 우선 프롤로그부터 시작했다.

프롤로그 배경은 제국과 왕국 연합의 전쟁터였다. 퀘스트를 주는 NPC로는 파비앙을 등장시켰고 퀘스트 내용은 전투 중에 실종된 제국 중앙기사단 선발대의 흔적을 찾는 것으로 시작하도록 설정했다.

"완성."

순식간에 프롤로그 부분의 메인 퀘스트를 완성한 규현은 경욱에게 메일로 보냈다.

"이런! 프롤로그 콘셉트를 보내는 것을 깜빡했다!"

규현이 보낸 메인 퀘스트 프롤로그 시나리오를 확인한 경욱은 그에게 프롤로그의 콘셉트를 메일로 보내지 않았다는 사실을 뒤늦게 깨달았다. 프롤로그 같은 경우엔 매우 중요했기 때문에 기획팀에서 회의를 거쳐 결정한 콘셉트가 따로 있었다.

"아, 이거 큰일 났네."

경욱은 크게 당황했다. 규현이 보낸 프롤로그 퀘스트는 무난하긴 했지만 기획팀에서 결정한 콘셉트와 너무 달랐다. 당연히 반려해야 하지만 프롤로그 퀘스트의 분량이 생각보다 많았다. 이것을 통째로 반려하고 그 이유에 경욱의 실수가 있었다는 것을 규현이 안다면 좋은 결과를 초래하진 않을 것이라고 경욱은 생각했다.

"팀장님, 무슨 일 있으세요?"

고민하는 경욱의 앞에 누군가 커피를 내려놓았다. 경욱은 고개를 돌려 시선을 옮겼다. 그의 시선이 멈춘 곳에는 GE 게임즈 모바일 사업부 기획팀의 박동주 대리가 걱정스러운 눈빛으로 경욱을 보고 있었다.

"아, 박 대리? …사실은 말이야."

동주는 회사 내에서 경욱과 가장 가까운 아군이었다. 그래서 경욱은 그에게 모든 것을 털어놓았다.

"아무래도 부장님에게 보고드리는 게 좋을 것 같은데요?"

"아무래도 그렇겠지?"

경욱의 말에 동주는 고개를 끄덕였다.

"네. 이대로 반려하면 정규현 작가가 싫어할 것 같은데요. 그렇다고 해서 거짓말을 한다고 해도 나중에 콘셉트 보내주면 다 알게 될 것이고, 그렇게 되면 거짓말했다고 더 싫어하겠죠? 차라리 부장님에게 조금 깨지는 거 각오하고 솔직하게 보고하는 게 좋다고 생각합니다."

현재 GE 게임즈에서 규현은 매우 중요한 인물이었다. 회사는 경욱에게 최대한 그의 기분을 거스르는 일이 없게 하라는 지시가 따로 하달된 상황이었다. 그래서 게임에 맞춰서 세계관과 설정을 수정할 때도 원작자와 충돌할 정도의 과한 수정은 최대한 자제하고 있었다.

"박 대리의 말이 옳아. 지금 즉시 부장님께 보고해야겠어."

고민 끝에 경욱은 결심을 굳혔다. 그는 더 늦기 전에 부장에게 보고를 해야겠다고 생각했다. 그는 서둘러 의자에서 일어나 부장실로 발걸음을 옮겼다.

"무사히 돌아오시길."

비장한 각오가 느껴지는 경욱의 뒷모습을 보며 동주는 작은 소리로 그의 무사 귀환을 빌었다.

부장실 앞으로 간 경욱은 긴장한 표정으로 가볍게 노크를 했다.

"들어오세요."

모바일 사업부장 최성수의 목소리가 안에서부터 들려온다. 경욱은 마른침을 삼키며 떨리는 손으로 문을 열었다.

"오 팀장, 무슨 일이죠?"

성수가 읽고 있던 책을 덮으며 물었다. 경욱은 사정을 자세히 설명했고 성수는 눈살을 찌푸렸다.

"일단 정규현 작가가 보낸 프롤로그 퀘스트를 제게 보내주세요. 읽어보고 판단하겠습니다."

"네. 알겠습니다."

경욱은 즉시 부장실을 나가서 자신의 자리로 돌아갔다. 그리고 규현이 보낸 문서 파일을 성수에게 보냈다. 10분 정도를 초조하게 기다리고 있을 때, 부장실 문이 열리고 성수가 나왔다. 그는 경욱의 자리를 향해 다가와 입을 열었다.

"프롤로그 퀘스트 시나리오가 생각보다 괜찮은 것 같네요. 오 팀장도 그렇게 생각하지요?"

생각보다 성수의 반응이 나쁘지 않았다. 그는 손에 들고 있는 서류를 향해 시선을 옮겼다. 규현이 보낸 퀘스트 시나리오를 출력한 것이었다.

"정규현 작가가 모바일 게임에 대해서 얼마나 잘 이해하고 있는지는 나도 잘 모르겠지만, 확실한 건 사람들이 좋아할 만한 코드를 아는 것 같군요."

"저도 그렇게 생각합니다."

성수의 말을 경욱이 긍정했다. 규현은 하나의 작품을 쓸 때 수십 번을 쓰고 지우고를 반복하면서 능력으로 구매 수라는 이름의 반응을 확인한다. 그 과정을 엄청 반복하다 보니 무의식중에 사람들에게 인기 있는 소재나 연출 등을 확실하게 파악해 버린 것이다.

소설과 게임은 분명 다르지만 플레이하는 것은 연령대는 나름 비슷하기 때문에 좋아하는 코드도 비슷할 수밖에 없었다. 성수는 인기 코드를 딱 잡아낸 규현의 안목에 살짝 감탄했다.

"그럼 이대로 가는 겁니까?"

"아뇨. 그건 아니에요."

경욱의 물음에 성수는 고개를 저었다. 규현이 보낸 프롤로

그 퀘스트 시나리오는 당장 써도 괜찮을 정도로 괜찮았지만 다듬을 곳이 없는 것은 아니었다. 아직까지 장르 소설의 향이 강했기 때문에 적당히 게임에 어울리도록 다소 다듬을 필요가 있었다.

"조금 다듬을 필요가 있을 것 같네요. 우선 기존의 콘셉트는 파기합니다. 정규현 작가가 보낸 콘셉트에 맞게 가도록 하죠."


*　　　　*　　　　*


다음 날 규현은 다시 경욱의 전화를 받게 되었다. 경욱은 규현에게 당장 수정해야 할 것들을 전달했다. 규현은 수정해야 할 부분을 모두 수정한 다음에 경욱에게 문서 파일을 보냈다. 다행히 그 문서 파일은 성수도 승인했고 우선 프롤로그 퀘스트 시나리오는 통과되었다. 하지만 아직 메인 퀘스트는 많이 남아 있었다.

메인 퀘스트 시나리오를 맡은 작가가 한 명 더 있었지만 모바일 게임치고는 스케일이 꽤 방대한 편이었기 때문에 메인 퀘스트 시나리오도 많이 써야 했다. 그래서 규현은 한동안 바쁘게 움직여야만 했다.

"하아."

규현은 한숨을 쉬며 의자 등받이에 몸을 기댔다. 퀘스트 시나리오를 쓰는 것은 소설을 쓰는 것과는 다른 답답함 같은 게 있었다. 사실상 마음대로 쓸 수 있는 소설과는 다르게 메인 퀘스트 시나리오는 어느 정도 게임 회사에서 제시한 콘셉트와 가이드라인에 맞춰서 써야 했다.

프롤로그는 콘셉트에 제약받지 않았지만 본격적으로 작업에 들어가면서 GE 게임즈에선 규현에게 가이드라인을 제시했다. 가이드라인에 맞춰서 쓰지 않으면 기껏 만들어놓은 퀘스트 동선이 꼬이면서 저렙이 고렙 존에서 퀘스트를 해야 하는 황당한 상황이 발생할 수도 있었다.

"쉬면서 하세요."

칠흑팔검이 걱정스러운 시선을 보냈다.

"그건 제가 그대로 받아쳐야겠네요. 칠흑팔검 작가님이야말로 쉬셔야 할 것 같은데요?"

칠흑팔검의 얼굴에서는 깊은 피로를 찾아볼 수 있었고 눈 밑으로는 진한 다크서클이 보였다. 책상 위에는 빈 캔 커피와 피로회복제가 가득했다.

"완결권이 많이 힘드시면 제가 스토리 교정 봐드릴까요?"

규현이 제안했다. 칠흑팔검은 현재 칠흑혈마의 완결권인 15권을 쓰고 있었다. 시작하는 것과 끝을 맺는 것이 가장 어렵다는 말을 증명이라도 하듯 그는 벌써 완결권을 2번이나 갈아 엎은 상태였다. 다행히 아직 연재 중인 건 13권이었고 14권 분량이 비축되어 있어서 여유는 있었다. 그래도 계속 갈아 엎는 것은 칠흑팔검에게 좋은 현상은 아니었다.

"그건 최후의 수단으로 쓰겠습니다. 대표님도 바쁘시잖아요."

칠흑팔검이 입가에 희미한 미소를 머금은 채 대답했다. 최근 규현이 정말 바빠졌다는 것은 그도 알고 있었기 때문에 최대한 그의 도움을 받지 않으려고 노력하는 듯했다.

"전화가 오네. 잠시만요."

벨소리가 울렸다. 대화 중이었던 칠흑팔검에게 양해를 구한 뒤 규현은 회의실 안으로 들어가 전화를 받았다.

―여보세요, 작가님? GE 게임즈 오경욱입니다.

전화를 건 사람은 경욱이었다. 아마도 조금 전에 보냈던 메인 퀘스트 시나리오 때문에 전화를 걸었을 것이라고 규현은 생각했다.

"네. 조금 전에 보냈던 메인 퀘스트 시나리오 때문에 전화하신 건가요?"

―네. 그렇습니다.

규현의 예상대로였다.

―실은 오늘 급히 변경된 사항이 있습니다. 하이렝 평원 전투 퀘스트를 주는 NPC 렌티스트 백작이 삭제되었습니다.

"어째서죠?"

규현의 목소리에 살짝 날이 섰다. 하이렝 평원 전투 퀘스트를 주는 NPC인 렌티스트 백작이 삭제되었다는 것은 최악의 경우 하이렝 평원 전투 퀘스트 자체가 사라질 수도 있다는 것을 의미했다. 그렇게 되면 규현의 노력은 헛수고가 되는 것이다.

—실은 캐릭터 설정 자체에 심각한 오류가 발견되었습니다. 저희 측 실수입니다. 정말 죄송합니다.

"어떤 오류가 발생했습니까?"

—실은 급하게 캐릭터를 만드느라 렌티스트 백작의 영지를 이상한 곳에 만들고 말았습니다.

경욱이 사력을 다해 사과했다. 사실 렌티스트 백작은 GE 게임즈 측에서 추가한 NPC였다. 아무래도 렌티스트 백작을 추가한 직원이 복잡한 세계관 설정을 대충 읽고 만든 듯했다. 그러지 않고서야 오류가 발견될 리가 없었다.

"하아."

—정말 죄송합니다.

규현의 한숨 소리를 들은 경욱은 최선을 다해 사과했다. 회사 측의 실수가 너무나 분명했기 때문에 그는 필사적이었다.

"그럼 어떻게 합니까? 퀘스트는 삭제되는 건가요?"

—그건 절대로 아닙니다. 다만 렌티스트 백작을 대신할

NPC를 새로 만들어야 할 것 같습니다.

현재 GE 게임즈는 상당한 예산을 쏟아부어서 올해 안에 게임을 출시하려고 하고 있었다. 외부 인력을 많이 동원했지만 스케줄은 여전히 빡빡했다. 그래서 퀘스트 하나가 삭제되면 시간과 돈이 두 배로 필요하기 때문에 치명적이었다.

"아무래도 새로 만들어야겠죠. 기존의 NPC들은 저마다 각자의 역할이 고정되어 있으니, 하이렝 평원의 제국군 지휘관을 맡을 수 없네요. 북부군 사령관 존 헬스가 그나마 연관성이 있지만……."

─그러면 북부가 비어버리죠. 그 시기에 북부는 존 헬스가 있어야 하지 않습니까?

"네, 맞아요. 존 헬스는 북부를 지키고 있어야 해요."

역시 새로운 NPC를 만드는 수밖에 없었다. 새로운 캐릭터를 만들 때는 기존의 캐릭터들과 연관도 고려해야 하기 때문에 조금 귀찮기는 했지만 퀘스트를 다시 쓰는 것보단 훨씬 나았다.

─정말 죄송합니다. 메인 퀘스트를 주는 NPC만 아니었어도 저희가 임의로 만들었을 텐데…….

중요도가 낮은 NPC 같은 경우엔 원작자 또는 스토리 작가의 검토만 받고 주로 게임 회사에서 만든다. 하나의 게임에 엄청 많은 수의 NPC가 등장하는데 모두 한 명의 작가가 만들

수는 없기 때문이었다. 하지만 중요한 NPC 같은 경우엔 담당 스토리 작가가 직접 손을 대야만 했다.

"괜찮습니다. 다만, 앞으로는 이런 일 없도록 해주셨으면 좋겠네요."

ㅡ명심하도록 하겠습니다. 정말 죄송합니다!

규현의 말에 경욱은 다시 한번 사죄했고 규현은 전화를 끊고 회의실을 나왔다. 사무실로 돌아온 규현은 칠흑팔검과의 대화를 마무리 지은 뒤 열심히 새로운 캐릭터의 설정을 만들어내기 시작했다. 이미 모든 설정은 규현의 머릿속에 있었기 때문에 새로운 NPC를 만들어내는 게 크게 어렵지는 않았다.

규현은 렌티스트 백작을 대신할 NPC로 유진 백작이라는 새로운 NPC를 만들어냈다. 유진 백작에게 배경 설정과 세부 설정을 부여하는 것으로 세계관에 그를 완벽하게 동화시키는 것에 성공했다.

'좋아, 위화감은 없다.'

규현은 혹시나 싶어서 다시 한번 검토해 봤지만 위화감은 전혀 느낄 수 없었다. 이것으로 일단 NPC를 완성했다고 볼 수 있었다. 이제 남은 것은 경욱에게 메일로 보내는 것이다. 경욱에게 새로운 NPC 정보가 담긴 문서 파일을 메일로 보낸 규현은 그에게 전화를 걸었다.

ㅡ여보세요?

"보내 드렸습니다."

규현으로부터 모든 메인 퀘스트 시나리오를 전달받은 GE 게임즈는 게임 개발에 박차를 가했고, 마침내 10월 1일, '나이츠'라는 이름으로 어플 마켓과 어플 스토어에 게임을 출시했다. 기사이야기 웹툰을 성공한 적이 있는 규현은 나이츠 역시도 좋은 성적을 거둘 것이라고 생각했지만, 출시 첫날, 나이츠는 어플 마켓에선 49위에 간신히 자리 잡았고 어플 스토어에선 50위 안에 들어가지도 못한 68위였다.

"생각보다 성적이 좋지 않네요."

GE 게임즈 모바일 사업부 기획팀 사무실에서 6시간째 순위를 모니터링하고 있던 규현은 경욱이 가져다준 커피를 입가로 가져가며 말했다. 경욱은 설탕을 가득 넣은 커피를 마시며 규현의 옆자리에 앉았다. 그를 보며 규현이 다시 입을 열었다.

"저번에 손해를 보지 않으려면 적어도 30위 안에는 진입해야 한다고 하셨죠?"

나이츠는 여타 게임보다 제작비를 많이 쏟아부어서 개발 기간을 단축하고 퀄리티를 상승시킨 모바일 MMORPG였다. 그래서 손익분기점도 높은 편이었다. 지금 나이츠의 성적은 나쁜 편이 아니었지만 손해를 보지 않으려면 더 좋은 성적을 낼 필요가 있었다.

"일단은 30위 진입이 목표이긴 합니다."

"그런데 가장 높은 순위가 49위라니… 별로 성적이 좋지 않네요."

규현은 쓸쓸한 표정으로 말했다. 기사 이야기를 원작으로 한 나이츠의 성적이 생각보다 부진해서 마음이 편하지 않았다. 어쩌면 기사 이야기 웹툰이 빛나는 성공을 거둬서 나이츠에 더 기대를 걸었는지도 몰랐다.

"너무 걱정 마세요. 아직 출시한 지 얼마 되지 않은 탓에 유저들에게 노출이 거의 되지 않아서 그렇습니다. 오늘 곧 나이버와 어플 마켓, 그리고 어플 스토어 메인에 광고가 들어갈 예정입니다. 그래도 순위가 오르지 않으면 문제점에 대해 재고해 봐야겠지만 지금은 절망하지 않아도 됩니다."

하루 동안 엄청난 수의 모바일 게임이 쏟아져 나온다. 비록 어플 마켓 한정이지만 그 파도를 뚫고 아슬아슬하게 50위 안에 들어간 것만으로도 괜찮은 성적이라고 볼 수 있었다. GE 게임즈에선 이번 나이츠 마케팅에 신경을 많이 썼고 나이버와 어플 마켓, 그리고 어플 스토어 메인에 나이츠를 올릴 예정이었다.

"그렇겠죠?"

규현의 말에 경욱은 고개를 끄덕이며 입을 열었다.

"베타 테스터들이 한 명도 빠짐없이 모두 재미있다고 했습니다. 일단 한번 노출만 시키면 모두 서서히 나이츠에 빠져들 겁니다."

경욱이 자신 있게 장담할 정도로 나이츠의 클로즈 베타 테스트 반응은 좋았다. 클로즈 베타 테스터들은 하나같이 나이츠가 재미있다고 했다. 특히 그들은 유저의 마음을 끌어당기는 스토리를 큰 장점으로 꼽았다. 스토리에 비중을 두겠다는 GE 게임즈의 의도가 성공한 것이다.

"며칠 후에 다시 오겠습니다."

며칠의 시간이 지났다. 학교를 끝마치고 나오던 규현은 습관처럼 나이츠의 순위를 확인했다. 며칠 동안 나이츠의 순위가 조금씩 상승해 왔고 어제는 20위 안에 진입했기 때문에 오늘은 15위 안에 진입했을 것을 기대하며 어플 마켓에 접속했다.

"1위……?"

나이츠의 순위를 확인한 규현은 자신의 눈이 잘못되었는가 싶어서 손으로 두 눈을 비볐다. 그리고 다시 순위를 확인했지만 나이츠의 순위는 1위에서 변하지 않았다.

"하하하!"

너무 기뻐서 웃음이 나왔다. 마치 힘들게 키운 자식이 명문대에 합격했다는 소식을 들은 것 같았다. 매출에 따라 추가금을 받기로 한 계약 내용이 있는 것도 규현이 웃을 수 있었던 이유 중 하나였다.

'어플 스토어도 확인해 보자.'

규현은 어플 스토어의 순위도 확인했다. 어플 스토어에서 나이츠의 순위는 2위였다. 1위를 하지 못한 게 조금 아쉬웠지만 충분히 만족스러운 결과였다. 나이츠의 순위를 보며 즐거워하고 있을 때 벨소리가 울렸다. 마침 스마트폰을 들고 있었기 때문에 바로 전화를 받을 수 있었다.

─작가님, 지금 통화 가능하세요?

GE 게임즈의 경욱이었다. 그도 순위를 확인한 것인지 흥분으로 인해 목소리가 가볍게 떨리고 있었다. 사실 그는 순위를 한참 전에 확인했었다. 학교에 있을 규현을 배려해서 전화를 늦게 한 것이었다. 순위를 확인하고 꽤 시간이 지났음에도 불구하고 경욱은 좀처럼 흥분을 가라앉힐 수 없었다.

어플 마켓과 어플 스토어 순위는 다운로드 수로 결정된다. 매출에 따라 결정되는 순위는 매출 순위라고 따로 있지만 나이츠는 출시된 지 얼마되지 않아서 아직은 유저들의 과금을 기대할 수 없기 때문에 기대하지 않는 게 좋았다. 하지만 그렇다고 해서 다운로드 순위가 의미 없는 것은 아니었다.

나이츠는 유료 게임이었기 때문에 다운로드만 해도 어느 정도 매출을 올릴 수 있었다. 거기다 과금 유도도 고레벨로 갈수록 적당히 있으니, 과금 매출도 기대할 수 있었다.

"예. 지금 통화 가능합니다. 그리고 순위 확인하였습니다."

통화가 가능하다는 규현의 대답에 경욱은 간단한 축하의 말을 건네며 GE 게임즈 모바일 사업부의 회식에 규현을 초대했다. 마침 별다른 일이 없어서 여유가 있었던 규현은 그의 제안에 흔쾌히 승낙했다. 차기작 구상이 아직 끝나지 않았지만 당장 생계가 위험한 것은 아니기 때문에 조금 천천히 생각해도 될 문제였다.

"그런데 저는 외부 인력이라고 볼 수 있는데, 회식에 참석해도 되나요?"

─물론입니다. 작가님은 외부 인력이지만 제일 중요한 작업을 하셨잖아요. 사실상 나이츠의 일등 공신이죠.

"그럼 장소와 시간을 문자메시지로 보내주세요."

─옙! 알겠습니다.

전화통화가 끝나자 경욱은 규현의 요청대로 장소와 시간을 문자메시지로 전송해 주었다.

'사무실 근처네?'

약속 시간은 오후 7시였고 장소는 규현을 배려한 것인지, 우연의 일치인지는 모르겠지만 마침 가람 사무실 근처였다. 조금 늦게 퇴근해서 바로 회식 장소로 가면 될 것 같았다.

사무실에 도착한 규현은 차기작 구상을 위해 문학 왕국에서 다른 작가들의 작품을 읽었다. 쓸 만한 소재 발굴과 시장을 조사하기 위해서였다. 문학 왕국을 이용하는 독자들의 입맛은 언제 변해도 이상하지 않기 때문에 언제나 시장을 철저하게 조사할 필요가 있었다.

"퇴근합니다."

편집자들이 퇴근하고 상현과 현지, 그리고 칠흑팔검과 규현만 남았다.

"저도 퇴근할게요."

7시가 다가오자 규현은 그렇게 말하며 사무실에서 나왔다. 칠흑팔검은 언제나처럼 사무실에 남았고, 상현도 6월쯤부터 얼음의 검의 연재를 시작한 이후로 늦게까지 남아 있는 경우가 잦았다. 현지도 이유는 모르겠지만 웬일로 늦게까지 남아 있었다. 어쩌면 제국 공격기가 길어지면서 글 쓰는 속도가 늦어졌기 때문일 수도 있었다.

사무실을 나온 규현은 경욱이 보내준 장소로 발걸음을 옮겼다. 얼마 지나지 않아서 그는 약속 장소에 도착할 수 있었다. 횟집이었다. 그는 회를 좋아하는 편이었기 때문에 밝은 얼굴로 횟집 안으로 들어갔다. 이미 적지 않은 수의 GE 게임즈 직원이 예약석을 채우고 있었다.

"작가님! 여기예요!"

혹시나 규현이 일찍 올까 봐 약속 시간 1시간 전부터 약속 장소에서 규현을 기다리고 있던 경욱이 그를 발견하고는 손을 흔들며 다가갔다. 그는 규현을 최성수 부장이 앉아야 할 자리의 옆으로 규현을 안내했다.

"여기 앉으시죠."

"여기 왠지 중요한 사람이 앉는 자리 같은데요?"

성수는 아직 오지 않았지만 위치를 볼 때 중요한 사람이 앉는 자리가 분명했다. 규현은 조금 부담감을 느껴 경욱을 보며 말했지만 경욱은 가벼운 웃음을 흘리며 입을 열었다.

"하하하, 저희는 작가님이 나이츠에서 가장 중요한 사람이라고 생각합니다. 자아, 어서 앉으시죠."

경욱의 거듭되는 요청에 규현은 자리에 앉았다. 그가 자리에 앉고 얼마 지나지 않아서 내부는 GE 게임즈 모바일 사업부 직원들로 가득 찼고 부장인 성수가 나타났다.

"부장님, 여기입니다."

직원 전원이 일어나 성수를 반겼고 규현도 자리에서 일어났다.

"다들 먼저 와 있었군요."

성수는 가벼운 미소를 머금은 채 횟집 안으로 걸어 들어왔다. 그는 경욱의 안내를 받아 규현의 옆에 앉았다. 성수가 앉고 난 뒤에야 다른 직원들도 앉을 수 있었다. 경욱도 성수와 규현의 앞에 앉았다. 종업원이 음식과 술을 꺼내 왔다.

"정규현 작가님이시죠? 명성은 익히 들었습니다. 이번에 나이츠 메인 퀘스트도 정말 잘 써주셨다고 들었어요."

성수가 규현의 술잔을 채워주며 말문을 열었다. 규현은 가득 찬 술잔을 자신의 앞으로 가져오며 입을 열었다.

"저는 겨우 메인 퀘스트 하나만 열심히 썼을 뿐인걸요."

규현은 기분이 좋았지만 겸손하게 대답하려고 노력했다.

"작가님, 지금 메인 퀘스트가 엄청 재미있다고 리뷰에 난리 났어요."

성수의 잔에 술을 따르고 있던 경욱이 규현의 말을 듣고 그가 모르고 있던 정보를 알려주었다.

"그래요?"

"그럼요."

규현은 모르고 있던 사실이었다. 매일 나이츠의 순위를 확인하긴 했지만 리뷰까지 확인하진 않았었다. 그래서 규현은 몰랐지만 나이츠를 플레이한 유저들 대부분이 메인 퀘스트가 너무 재미있다는 평을 남겼다. 원작의 흡입력 있는 스토리를 살려 퀘스트에 반영하자는 GE 게임즈의 의도를 정확하게 저격한 것이다.

"정규현 작가님을 만난 건 저희 모바일 사업부, 아니, GE 게임즈에 있어서 축복입니다."

성수가 규현을 띄워주었고 경욱은 잔을 들어 올렸다.

"모두 정규현 작가님을 위하여 건배하는 게 어떻습니까?"

"좋습니다!"

"좋지요!"

경욱의 말에 직원들이 격한 호응을 보냈다. 규현은 볼을 붉적이며 일어서서 잔을 들어 올렸다. 그리고 건배사를 말했다.

글만 쓰느라 학교 다닐 때도 술자리에 자주 참석하지 않았던 규현이었기 때문에 어색한 건배사였지만 직원들은 격렬한 환호와 함께 서로 술잔을 부딪쳤다.

"그러고 보니까 작가님, 이번에 나이츠가 모바일에서 대박을 쳤잖아요?"

시간이 늦어지면서 하나둘씩 술에 취했다. 경욱 또한 술에 잔뜩 취해 얼굴이 붉어져 있었다. 그의 옆에 앉은 이름이 기억나지 않는 모바일 사업부 개발팀장은 이미 쓰러진 상태였다.

"네, 그렇죠."

경욱의 말에 규현은 긍정했다. 어플 마켓 1위에, 어플 스토어 2위면 대박쳤다고 말할 수 있었다.

"그래서 PC 게임 개발을 회사에서 검토 중이라고 합니다."

"정말입니까?"

규현의 물음에 경욱은 고개를 끄덕이며 입을 열었다.

"사실은 이미 PC 사업부 기획팀으로 오더가 떨어졌다는 것 같습니다. 조만간에 PC 사업부 기획팀장이 연락할지도 몰라요. 으아아아."

말이 끝나기 무섭게 경욱이 쓰러졌다. 규현의 시선이 옆에 앉아 있는 성수에게 향했다. 성수도 취한 상태였지만 경욱에 비하면 멀쩡해 보였다. 규현의 시선을 느낀 성수의 눈동자가 규현에게 향했다.

"사실입니다. 기획팀에 지시가 떨어졌는지는 확실하지 않지만 검토 중인 것은 확실합니다."

성수의 말에 규현의 눈이 반짝였다. 모바일 게임과 PC 게임은 제작 규모부터가 달랐다. 계약금도 많이 받을 수 있을 것이고 규현이 궁극적으로 원하는 영화화에 가까워질 수 있는 다리가 되어줄 것이다.


"후아아. 춥다, 추워!"

11월의 바람은 차가웠다. 11월 1일은 그럭저럭 따뜻했지만 2일이 되면서 갑작스럽게 한파가 찾아왔다. 그래서 일기예보를 미처 보지 못하고 평소처럼 얇은 옷을 입고 나온 규현은 사무실에 가는 내내 추워서 덜덜 떨어야만 했다.

"상현아, 히터 좀 세게 틀어줘."

사무실 문을 열고 들어오며 규현은 상현에게 사무실 온도를 올려줄 것을 요청했다. 상현이 온도를 올리자 그제야 규현은 편안한 얼굴로 의자 등받이에 몸을 기댔다.

"오빠, 차기작은 안 쓰세요?"

편안한 표정으로 여유를 부리고 있는 규현을 보며 현지가 조심스럽게 물었다. 그녀에게는 최근 규현이 가끔 드라마 대본을 검토하고 가람 작가들의 스토리만 검토하면서 여유를 부리는 것처럼 보였다. 차기작 구상은 안 하는 것 같았다.

"해야지."

규현이 대답했다. 대답은 그렇게 했지만 차기작이 쉽게 써지지 않았다. 그동안 쓴 작품들이 너무 잘 되어서 부담감으로 인해 차기작이 잘 써지지 않는 것 같았다. 어쩌면 눈덩이처럼 불어난 인세와 게임과 드라마 등의 계약금으로 최근 생활에 상당히 여유가 생겨서 과거의 절박함이 사라져 차기작 구상이 잘 되지 않는 걸 수도 있었다.

"최근에 차기작 쓰는 모습을 보기 힘든 것 같아서요."

"일단 조금씩 써보고 있긴 한데, 힘드네."

현지의 말에 규현이 대답했다. 사실 최근 차기작 프롤로그를 써서 문학 왕국에 올려보았지만 스탯이 좋지 않았다. 능력의 영향을 받아 규현의 필력이 조금 나아지면서 글을 쓰면 스탯이 대부분 보통 또는 그 이상으로 나왔지만, 기사 이야기로 인해 눈이 높아진 규현을 만족시키기엔 턱없이 부족했다.

'S급 작품을 써야 한다. 적어도 A급은, 써야 해.'

규현은 노트북 화면을 노려보며 이를 살짝 악물었다. 최근에 쓴 작품들은 모두 C급이나 B급이었다. B급 작품이면 문학 왕국에서 상위권이었지만 현재 높아져 있는 규현의 기대치에는 턱없이 부족했다. 규현을 만족시키려면 적어도 A급 작품이 필요했다.

죄 없는 노트북 화면을 노려보던 규현이 차기작 설정을 짜기 위해 문서 작성 프로그램을 켜는 순간, 벨소리가 울렸다. 스마트폰 화면을 확인하니 GE 게임즈의 오경욱이었다.

"여보세요?"

―작가님, 작가님!

이유는 모르겠지만 상대방은 잔뜩 흥분한 것 같았다. 분명 오랜만에 규현의 목소리를 들어서 흥분한 것은 아니었다.

"무슨 좋은 일이라도 있으세요?"

다른 사람들을 배려해 회의실로 들어온 규현이 물었다. 그의 질문에 스마트폰 너머에서 호흡을 고르는 듯한 소리가 작게 들려왔다.

―실은 해외 담당 부서에 있는 제 동기 녀석에게 들었는데, 중국과 미국 그리고 일본의 유통사들이 나이츠를 퍼블리싱하고 싶다고 요청한 것 같습니다!

"정말입니까?"

경욱의 말이 사실이라면 나이츠가 해외에 진출한다는 말이었고, 어떤 의미로는 기사 이야기가 해외 진출을 한다고도 할 수 있었다. 해외에 기사 이야기를 널리 알릴 수 있는 절호의 기회였다.

기사 이야기의 게임 버전인 나이츠가 출시되면서 기사 이야기 1부와 2부의 판매량도 상당히 늘어났는데, 나이츠가 해외에 진출하게 되었으니 운이 좋다면 원작의 해외 진출도 기대해 볼 수 있을 것이다.

─이건 확실한 정보입니다. 지금 교섭이 진행되고 있는 것 같습니다.

규현의 두 눈이 반짝였다.

"그러면 현지화 작업을 거쳐서 몇 달 후면 미국과 중국, 그리고 일본에서도 출시가 되겠네요?"

─아뇨. 이번 달이 지나기 전에 출시될 예정입니다.

"네?"

경욱의 말에 규현은 순간 자신의 귀가 잘못되었나 싶었다. 보통 게임이 해외로 수출될 때는 현지화 작업에만 적지 않은 시간이 걸리는 것으로 알고 있었다. 그런데 경욱은 지금 이번 달이 지나기 전에 출시가 될 예정이라고 말하고 있었다.

─나이츠는 애초에 해외 시장을 노린 모바일 게임이라서 시장이 가장 큰 중국과 일본, 그리고 미국에 대한 현지화 작업을 마친 상태에서 출시되었습니다. 말 그대로 그쪽에서 콘택트만 들어오면 해당 시장에 바로 출시할 수 있도록 준비를 끝

낸 것이죠. 아, 제가 작가님에게 말한다는 것을 깜빡했습니다. 죄송합니다.

사실 현지화 작업에 대해서 미리 규현에게 말해야 했지만, 많은 업무량으로 인해 정신없이 일하느라 바빴던 경욱이 깜빡하고 말하지 못한 것이었다.

"부디 교섭이 잘 진행되었으면 좋겠네요."

―아마 잘될 것이라고 생각합니다.


*   *   *


경욱의 예상대로 교섭은 성공적으로 끝났다. GE 게임즈와 3개국의 게임사는 서로의 얼굴을 붉히지 않고 충분히 만족할 수 있는 결과를 이끌어냈다. GE 게임즈는 일본과 중국, 그리고 미국의 유통사들과 계약을 하고 게임을 유통시켰다.

결과는 대성공이었다. 국가마다 성적이 어느 정도 차이는 있었지만 나이츠는 대체적으로 현지에서 잘 정착하여 좋은 성적을 냈고 GE 게임즈는 엄청난 이익을 취할 수 있었다. 물론 규현도 계약 내용에 따라 추가금을 지급받을 수 있었다. GE 게임즈가 벌어들인 돈에 비하면 적었지만 개인에게는 엄청난 금액이었다.

'부모님께 집을 사 드려야겠다.'

나이츠도 출시되었고 드라마 대본의 검토도 얼마 전에 끝내서 다음 대본이 오기까지 시간이 많이 남아 있었다. 돈도 많이 들어왔으니 그동안 고생하신 부모님에게 새 집을 장만해 드리고 싶었다. 그렇게 결심한 규현은 터미널로 가서 진주로 내려가는 버스에 탔다.

규현이 직접 차를 운전해서 진주로 내려갈 수도 있지만 장거리 운전에 익숙하지 않았기 때문에 안전하게 버스를 타는 것을 선택했다. 버스를 타고 진주로 내려가는 길에 괜찮은 주택을 알아보기 위해 인터넷으로 부동산을 검색해 보았지만 진주에는 규현의 마음에 드는 주택이 없었다.

"전원주택을 찾아볼까? 어차피 아버지도 퇴직하셨으니 굳이 시내에 집이 있을 필요는 없겠지."

규현은 전원주택으로 다시 검색해 보았지만 마찬가지로 마음에 드는 곳이 없었다. 5분 정도 더 검색을 한 끝에 규현은 한숨을 쉬며 주머니에 스마트폰을 집어넣었다.

규현은 부모님에 대해 잘 알고 있었다. 두 사람은 교외로는 나가서 살 의향은 있어도 진주를 벗어나려고 하진 않을 것이다. 그런데 진주에는 부모님께 선물해 드릴 만한 집이 없었다. 매물로 나와 있는 주택들도 괜찮았지만 가능하면 오랫동안 고생한 부모님들에게 더 좋은 집을 선물해 주고 싶었다.

'일단 나중에 생각하자.'

부동산에 직접 가보면 더 좋은 매물 정보가 있을 수도 있겠다고 생각한 규현은 더는 검색하지 않고 등받이에 몸을 기댄 채 눈을 감았다.

―목적지에 도착했습니다.

안내 방송에 규현은 눈을 떴다. 아직 잠이 완전히 깨지 않았는지 그의 눈동자의 빛은 희미했으나 그것도 잠시였다. 그는 곧 정신을 차렸고, 버스가 멈추자 짐을 챙겨서 내렸다. 터미널에 내린 그는 택시를 타고 집으로 향했다. 현관문을 열고 들어가자 어머니가 달려 나와 규현을 반겼다.

"아들, 이게 얼마 만이니? 어서 들어오렴."

"왔냐?"

어머니는 규현을 집 안으로 데리고 들어가며 반갑게 그를 맞이했지만 아버지는 거실의 소파에 앉아 신문에서 눈을 떼지 않았다. 규현은 어머니가 차려준 김치찌개로 늦은 저녁 식사를 해결했다. 저녁을 다 먹고 가족들이 거실에 모였을 때, 규현은 조심스럽게 이사 얘기를 꺼냈다.

"우리는 지금 이 집에 만족하고 있단다."

"정말 오랜만에 찾아와서 하는 말이 대뜸 이사 이야기냐."

어머니는 다소 망설이는 모습을 보였고 아버지는 부정적이었다. 아버지의 그런 태도가 이해가 가는 게, 그동안 규현은 부모님께 용돈만 보내 드리고 다른 일에 너무 소홀했었다. 바쁘다는 것을 핑계로 명절에도 내려오지 않았다. 그래서 아무래도 아버지가 기분이 많이 상하신 것 같았다.

"아버지, 죄송해요. 앞으론 자주 올게요."

"마음대로 하거라."

규현의 말에 아버지는 퉁명스럽게 대답했지만 기분이 많이 풀린 눈치였다. 아버지의 기세가 누그러지자 규현은 다시 이사 이야기를 꺼냈고 조금의 설득 끝에 두 사람으로 하여금 긍정적인 반응을 이끌어내는 것에 성공했다.

"내일 바로 부동산에 가시죠."

다음 날, 규현은 부모님을 데리고 근처 공인중개소로 향했다. 공인중개사는 규현의 옷차림을 보고 대박 손님이라는 것을 본능적으로 알아차리고 그들을 극진히 모셨지만 규현은 마음에 드는 매물을 찾을 수 없었다. 일단 그의 부모님이 거주 중인 주택이 기준이었는데, 기준이 워낙 괜찮은 수준이다 보니 기준을 넘는 퀄리티의 주택을 찾는 것은 어려웠다.

"아들, 우리 그냥 이사 가지 않아도 괜찮으니까 무리하지 않아도 돼. 우리 집처럼 괜찮은 집도 많이 없어."

"그럼 지으면 되죠."

규현의 두 눈이 반짝였다. 매물이 마음에 들지 않으면 집을 직접 지으면 된다. 분명 부모님의 집은 진주에서 괜찮은 편이었기 때문에 더 좋은 집을 구하는 게 쉽지 않았다. 하지만 집을 짓는다면? 돈만 있다면 훨씬 더 좋은 집을 짓는 게 가능했다. 그리고 규현은 지금 통장에 상당한 여유가 있었다.

규현은 부동산과 상의를 한 끝에 교외의 토지를 매입했다. 토지 매입이 끝난 시점에서 규현은 다시 서울로 돌아왔다. 학교에 나가야 하는 이유도 있었지만 괜찮은 설계 사무소는 진주에 없기 때문이었다. 서울로 돌아온 규현은 급한 일을 먼저 끝내고 칠흑팔검이 추천한 설계 사무소를 방문했다.

"어서 오세요."

사무실 직원의 안내를 받아서 안으로 들어간 규현은 건축 설계사와 만날 수 있었다. 두 사람은 간단한 대화를 나눈 뒤 곧 본론으로 들어갔다.

"전원주택 설계를 의뢰하고 싶습니다."

"누가 거주하실 예정이죠?"

건축 설계사의 물음에 규현은 천천히 입을 열었다.

"저희 부모님께서 거주하실 예정입니다."

"혹시 부지는 매입하셨나요?"

건축 설계사의 물음에 규현은 대답 대신 고개를 끄덕였다. 땅은 이미 괜찮은 곳으로 구입했고 전원주택 건축을 위한 절차도 모두 끝낸 뒤였다.

"혹시 사진 같은 거 있으시면 보여줄 수 있으신가요? 다른 사무소는 몰라도 저희는 디자인까지 하기 때문에 주변 풍경도 확인합니다."

다행히 땅을 매입할 때 기념 비슷한 용도로 찍어둔 사진이 몇 장 있었다. 규현이 스마트폰을 건네자 그것을 유심히 살핀 건축 설계사가 다시 입을 열었다.

"확인했습니다. 혹시 요청 사항이 있으시면 지금 말씀해 주시겠어요? 그럼 적극적으로 반영하도록 노력해 보겠습니다."

"일단 거실과 방에 적당하게 공간이 분배되면 좋을 것 같습니다."

규현의 말에 건축 설계사는 고개를 끄덕였다. 규현은 계약서 작성을 끝낸 뒤 설계 사무소를 나왔다. 차가 주차되어 있는 곳으로 가는 길, 그는 주머니에서 벨소리가 울리는 것을 느끼고 스마트폰을 들어 올려 화면을 확인했다.

"여보세요?"

전화를 건 사람이 승필이라는 사실을 확인한 규현은 전화를 받았다. 그리고 그의 귓가로 조금은 들뜬 듯한 승필의 목소리가 들려온다.

―작가님, 드라마 촬영 날짜 잡혔습니다.

# 30장

## 양반탈

"드라마 촬영 일정이 잡혔다고요?"

규현은 조금 들뜬 목소리로 확인했다. 지금 그는 많이 들떠 있었다. 자신이 쓴 글이 영상화된다는 것은 작가에게 있어서 생각만 해도 가슴 벅찬 기쁨이었다.

─예. 당장 다음 주부터 촬영이 시작될 것 같습니다. 제작 발표회는 이번 주 금요일입니다. 참석하시겠어요?

승필이 대답했다. 그도 많이 들떠 있는 것 같았지만 목소리 에선 묘한 긴장이 느껴졌다. 국제콘텐츠진흥원에서 '양반탈'에 거는 기대가 컸다. 많은 예산을 투입해서 유명 작가인 규현을 스토리 작가로 영입하고 많은 수의 투자자들을 유치하여 제작비까지 많이 확보했다.

국제콘텐츠진흥원에서 많은 기대를 걸고 투자를 많이 한 만큼 담당자인 승필이 가지는 부담감도 굉장했다. 아마 이번 양반탈이 망하게 된다면 승필은 무사하지 못할 것이다. 아니, 승필뿐만 아니라 많은 직원들이 영향을 받게 될 것이다. 그래서 승필은 들뜨면서도 긴장할 수밖에 없었다.

"제작발표회는 괜찮습니다. 그나저나 촬영이 다음 주부터인가요? 제 기억이 잘못되지 않았다면 1화 배경은 봄이나 여름 정도였을 텐데요?"

―아, 작가님은 드라마가 처음이시라서 모르실 수도 있으시겠군요. 드라마는 꼭 1화부터 촬영하진 않습니다. 적당히 일정에 맞춰서 촬영하지요.

"그렇군요."

규현은 승필의 설명을 듣고 납득했다. 사실 그는 드라마에 참여한 것은 이번이 처음이었기 때문에 모르는 게 많았다.

―자세한 일정과 장소는 오늘 안에 문자메시지로 보내 드리겠습니다.

"예, 알겠습니다."

―참, 그리고 작가님.

"예? 왜 그러시죠?"

전화를 끊으려고 한 순간 승필이 다급한 목소리로 말했다. 규현은 무슨 일인지 물었고, 곧 스마트폰에서 장난기 가득한 승필의 목소리가 들려온다.

―촬영 장소 아무한테도 말하면 안 돼요! 국가 기밀입니다? 하하하!

"걱정 마세요."

전화 통화가 끝났다. 규현은 가벼운 발걸음으로 차가 주차되어 있는 주차장으로 향했다.

*　　　*　　　*

약속했던 대로 승필은 하루가 지나가기 전에 드라마 촬영 장소와 시간을 문자메시지로 전송해 주었다. 승필이 보낸 내용대로라면 다음 주 목요일 오전부터 촬영이 시작되는 것 같았다.

승필의 말에 의하면 촬영 시작 전에 드라마 흥행을 비는 고사를 지낸다고 했다. 승필은 고사에 규현이 참석했으면 하는 듯했다. 참석해서 손해 볼 것은 없었기 때문에 규현은 고사에 참석하기로 하고, 목요일 이른 아침, 단정하게 옷을 갖춰 입고 촬영 현장으로 향했다.

촬영 현장은 산이었지만 다행히 차가 진입할 수 있는 도로는 갖추어져 있었다. 산속으로 깊숙이 들어가니 사람들이 많이 모여 있는 곳을 찾을 수 있었다. 촬영 장소에는 따로 주차장이 없었기 때문에 규현은 근처의 빈 공간에 차를 주차하고 하차했다. 촬영 스태프들과 소수 보이는 국제콘텐츠진흥원 직원, 그리고 배우들은 고사 준비에 한창이었다.

"조승필 팀장님!"

승필을 발견한 규현이 그를 불렀다. 고사를 준비하는 사람들과 조금 떨어진 곳에서 담배를 피우고 있던 승필은 자신을 찾는 규현의 목소리에 서둘러 담배를 바닥에 버린 뒤, 비벼 껐다.

규현이 담배를 안 피우는 것을 알고 있기 때문에 한 행동이었다. 담배를 끈 후, 승필은 규현을 향해 발걸음을 재촉했다.

"작가님, 시간 딱 맞춰서 오셨네요. 마침 고사가 시작되려던 참이었습니다."

규현은 승필의 어깨너머로 보이는 현장을 살폈다. 고사 준비는 거의 끝난 것으로 보였고 이제 촬영 스태프들과 국제콘텐츠진흥원 직원들, 그리고 배우들이 고사를 지내기 위해 마지막 마무리를 서두르고 있었다.

"슬슬 합류해야겠네요."

규현은 말을 마치기 무섭게 현장을 향해 발걸음을 옮겼고, 그 뒤를 승필이 따랐다. 현장에 깊숙이 침투(?)한 규현에게 민혜가 달려왔다.

"자, 작가님! 저 기억하시죠?"

"인상 깊은 연기를 보여주셨는데 당연히 기억하죠."

규현은 입가에 부드러운 미소를 머금었다. 민혜는 오디션에서 너무나 멋진 연기를 펼쳐주었기 때문에 규현은 그녀를 확실하게 기억하고 있었다. 게다가 미팅까지 했으니, 기억하지 못한다고 하면 문제가 있는 사람일 것이다.

"제게 기회를 주셔서 너무 감사합니다. 최선을 다해 최고의 연기로 보답할게요."

"잘 부탁해요."

그렇게 대답한 규현은 승필의 안내를 받아 자신의 자리로 이동했다. 민혜는 조금씩 멀어지는 그의 뒷모습을 보며 다시 한번 이번 연기에 모든 것을 걸겠다고 다짐했다.

"그럼 시작하겠습니다."

양반탈의 감독 강훈이 고사 시작을 선언했다. 긴 준비 시간에 비해 고사는 간단하게 이루어졌다. 모든 이가 드라마 대박을 외치는 것으로 고사가 끝났고, 촬영 스태프들이 분주하게 움직이기 시작했다. 현장을 깔끔하게 치우고 촬영 준비를 끝마쳤다.

"10분 있다가 촬영 들어갑니다."

조연출이 촬영 시작 시간을 통보했다.

"작가님, 이쪽에 앉으시죠."

대본 작가인 김소진이 감독인 강훈의 옆에 의자를 가져다 놓으며 규현에게 앉을 것을 권했다. 규현은 소진이 놓은 간이 의자에 앉았다.

"촬영 시작하겠습니다."

방금 전, 촬영 시작 시간을 알렸던 조연출이 모두에게 들릴 정도의 목소리로 외쳤다. 기본 절차가 끝나고 촬영이 시작되었다.

조선 말기와는 어울리지 않는 군복을 입은 민혜가 강석에게 다가갔다. 조민혁 역을 맡은 강석의 주변에는 같은 군복을 입은 배우들이 6명 정도 모여 있었다. 조연 1명을 빼면 모두 비중이 거의 없는 단역배우였다.

"대장, 송아라입니다."

민혜가 연기를 시작했다. 그녀는 차가우면서도 진중한 목소리로 강석을 보며 말했다. 들고 있는 지도를 보고 있던 강석은 고개를 돌려 민혜를 보았다.

"무슨 일이지?"

"일본 이능군이 포위망을 좁혀오고 있습니다. 저희가 삼도 육군통어사 이진을 납치한 것을 눈치챈 것 같습니다."

"꼴에 친일파 수뇌부라고 이능군까지 달고 오는군."

강석이 자연스럽게 연기를 이어가면서 지도를 접었다. 그의 시선이 다른 곳으로 향했다. 그곳에는 군복을 입은 배우들의 감시를 받고 있는 남자가 있었다. 삼도육군통어사 이진 역을 맡은 단역배우였다.

'삼도육군통어사 이진이라… 조금 있으면 죽겠군.'

배우들의 연기를 지켜보며 규현은 생각했다. 삼도육군통어사 이진 역을 맡은 배우가 단역배우인 이유는 이진이 등장하고 나서 얼마 버티지 못하고 죽기 때문이었다. 양반탈의 시나리오를 쓴 건 규현이었기 때문에 이진이 최진철의 배신에 의해 죽어서 입막음을 당한다는 것을 알고 있었다.

"이능군이 몰려옵니다!"

규현이 잠깐 다른 생각을 하는 사이에 강훈은 컷 사인을 보냈고 다음 장면으로 넘어가 배우들의 연기는 최고조에 달하고 있었다. 준비해 두었던 폭약이 터지고 일본군 복장의 단역배우 10여명이 모습을 드러냈다.

자욱히 일어나는 흙먼지를 뚫고 모습을 드러내는 일본 이능군과 그에 맞서는 대한제국 초능부대의 모습은 생각보다 멋지지는 않았다. 서로 전투를 한다기보다는 허우적거린다는 것이 더 어울릴 정도였다. 규현은 몰랐지만 사실 그들은 대본에 적혀 있는 것을 철저하게 이행하고 있었다.

"아직 CG 효과를 넣지 않아서 그렇습니다. CG 효과 넣으면 정말 멋질 거예요."

기대와는 다른 듯 실망한 기색이 역력한 규현을 본 강훈 감독이 설명했다. 아직 CG 효과가 들어가지 않은 상태였다. 강훈의 말에 규현은 고개를 끄덕였다. 그의 말대로 CG 효과가 들어간다면 훨씬 더 멋진 장면이 연출될 것 같았다.

"그나저나 폭약을 많이 쓰네요. 보기에는 좋은데 제작비가 많이 들어가지 않습니까?"

"제작비는 충분합니다."

"그래요?"

"국제콘텐츠진흥원에서는 양반탈에 모든 것을 걸었습니다. 아마 대왕사신기 다음으로 많은 제작비가 투입된 드라마가 될 겁니다."

강훈 감독의 뒤에서 화면을 보고 있던 국제콘텐츠진흥원의 직원이 설명했다. 국제콘텐츠진흥원에서는 대왕사신기를 뛰어넘는 한국형 판타지 드라마를 만들고 싶어 했다. 그래서 규현과 계약하면서 최고의 한국형 판타지 드라마를 만들려고 한 것이다.

대왕사신기는 ABS 방송국에서 기획하고 CW 프로덕션에서 제작한 드라마로 제작비가 500억 원 가까이 투입된, 한국에서는 보기 드문 스케일이 큰 드라마였다. 국제콘텐츠진흥원에선 양반탈에 대왕사신기보다 많은 제작비를 투입하려고 했지만 당시보다는 드라마 시장이 많이 침체되어 있어서 투자자를 찾는 게 쉽지 않았다.

"대왕사신기 다음이라면 어느 정도죠?"

"350억 정도입니다."

대왕사신기보다는 적으나 투입된 제작비는 350억으로 한국의 다른 드라마와 비교해 보면 제작비가 결코 적은 편은 아니었다.

"와아, 대단하네요."

생각보다 많은 제작비가 투입된다는 사실에 규현은 살짝 놀랐다. 그는 제작비가 얼마나 투입되는지에 대해서는 자세히 듣지 못했었다. 하지만 놀라는 한편 조금 이상한 점을 느끼기도 했다. CG 처리가 들어간다고는 하지만 지금의 전투 규모는 폭약을 조금 많이 쓰는 것을 제외하면 350억 스케일에 맞지 않았다.

"다음 장면으로 넘어가겠습니다. 준비해 주세요."

진행을 맡은 스태프의 목소리가 촬영 현장에 울려 퍼졌고 스태프들은 다음 장면을 촬영하기 위해 준비를 서둘렀다.

"다음 장면은 기대해도 좋을 겁니다."

묘한 표정을 짓고 있는 규현을 보며 강훈이 입가에 미소를 그린 채 자신만만하게 말했다. 규현은 강훈의 말을 듣고 다음 장면이 어떤 장면인지 추측할 수 있었다. 드라마 촬영은 장면의 촬영 순서가 뒤죽박죽이었지만 지금 흐름으로 볼 때 대규

모 일본군이 개입하는 장면을 촬영할 확률이 높았다. 제대로
만 촬영한다면 멋진 장면이 연출될 것이 분명했다.

"감독님, 단역배우들이 도착했습니다."

촬영 스태프가 다가와서 단역배우들이 도착했다는 것을 알
렸다. 강훈은 고개를 끄덕이며 입을 열었다.

"옷은 갈아입은 상태로 왔지?"

"예, 감독님."

"그럼 소품 챙겨주고 대기시켜."

"알겠습니다."

두 사람의 대화를 들은 규현은 주변을 살폈다. 그리고 얼마
지나지 않아서 단역배우들을 태우고 온 것으로 보이는 버스
를 발견할 수 있었다.

잠시 후, 단역배우들이 모든 준비를 끝내고 촬영 현장에 투
입되었다. 촬영이 시작되자 지미집(Jimmy Jib) 카메라가 높은
곳에서 일본 군복을 입은 30여 명의 단역배우를 촬영했다. 그
리고 다음 장면인 전투 신 촬영이 시작되었다. 대부분 장면에
CG가 들어갈 예정이기 때문에 딱히 구경할 것은 없었다.

"다음은 최진철 배신 장면 촬영입니다."

드라마 감독인 강훈이 규현에게 다음 장면이 무엇인지 가
르쳐 주었다. 최진철의 배신 장면은 스토리상 꽤나 중요한 장
면 중 하나였다. 그래서 규현은 기대 어린 눈동자로 화면과

정면을 번갈아 보았다. 배우들과 거리가 제법 있었기 때문에 클로즈업된 화면으로 보는 게 조금 더 나았다.

"이, 이러지 마라!"

이진 역을 맡은 배우는 단역배우답지 않은 아주 훌륭한 연기를 보여주었다. 사실 이진 역할은 중요했기 때문에 단역배우 중에서도 연기 경험이 많은 자가 맡았다. 하지만 문제는 최진철 역을 맡은 강영조였다.

"어쩔 수 없다는 거 잘 알지?"

최대한 비열한 목소리로 말해야 하는데 너무 밋밋했다. 발연기 수준까지는 아니었지만 규현이 기대한 만큼은 아니었다. 분명 시나리오를 건넬 때, 최진철 역은 조연 중에서도 중요한 역할이니, 경험 많은 배우로 해달라고 했었는데 제대로 전달되지 않은 것 같았다.

강훈에게 물은 뒤 배우의 이름이 강영조라는 것을 알아낸 규현이 인터넷에 검색해 보니 완전 신인이었다. 일단 강훈이 가만히 있으니, 규현도 그의 연기를 지켜보았지만 연기가 진행될수록 더 이상 참을 수 없었다. 영조가 작품을 망치고 있었다.

"감독님, NG 날리시죠."

"알겠습니다."

규현은 잘 몰랐지만 모든 것을 기획하고 진행하고 있는 국제콘텐츠진흥원에서는 규현에게도 감독과 비슷한 권한을 부여했다. 강훈은 그것을 알고 있었기 때문에 일단 고개를 끄덕이며 NG 사인을 날렸다. 촬영이 중단되자 영조는 왜 NG가 났는지 알 수 없는 표정이었다.

포로로 잡힌 삼도육군통어사 이진을 진철이 초능부대를 배신하고 죽이는 장면은 드라마 '양반탈'에서 중요한 장면 중에 하나였다. 그래서 규현은 강훈에게 신경을 써달라고 부탁했고 감독을 맡은 강훈은 규현의 부탁대로 조금 더 신경을 썼다.

"또 NG입니까? 도대체 뭐가 문제라는 거죠?"

강훈이 또 NG 사인을 보내자 영조의 매니저가 달려와 항의했다. 영조도 지친 얼굴로 강훈에게 다가와 입을 열었다.

"감독님, 저도 이해가 안 갑니다. 저의 연기는 충분히 훌륭하다고 생각하는데요?"

영조의 말을 들은 규현은 눈살을 찌푸리며 승필을 향해 시선을 옮겼다.

"신인배우치고는 자신감이 넘치는군요. 왜 저런 배우를 뽑았습니까?"

조금 떨어져 있는 영조는 들을 수 없을 정도의 작은 목소리였다. 승필은 곤란한 표정을 지었다.

"실은……."

일단 입을 열기는 했지만 그는 쉽게 말을 꺼내지 못했다.

뭔가 복잡한 사정이 있는 것 같았다. 그리고 규현은 그 복잡한 사정이 무엇인지 대충 짐작할 수 있었다.

"또 투자와 관련되어 있는 겁니까?"

"예, 죄송합니다."

"아뇨, 팀장님이 사과하실 필요는 없죠. 윗선과 관련된 것일 테니까요."

승필의 긍정에 규현은 팔짱을 끼고 영조를 보았다. 규현의 짐작대로 투자와 관련 있었다. 제작비가 부족한 상황에서 어떻게 투자자들을 확보했나 싶었더니, 이런 방법을 써서 모은 거 같았다.

"일단 뽑았으니 어쩔 수 없네요."

규현은 눈살을 찌푸렸다. 일단 뽑았으니 가능하면 배우는 교체하지 않는 편이 좋았다. 그는 영조의 연기를 조금 더 지켜보기로 했다. 아직은 여유가 있었다.

"NG."

다시 연기가 시작되고 강훈이 어김없이 NG 사인을 보냈다. 사실 강훈도 낙하산으로 들어온 영조가 달갑지 않았다. 그래도 투자와 관련이 있기 때문에 연기를 많이 못 하더라도 넘어가려고 했었지만 드라마 제작 과정에서 꽤 많은 영향력을 행사할 수 있는 규현이 힘을 보태주자 강훈은 평소 성격대로 빡센 촬영을 시작한 것이다.

"잠시 쉬자."

모두 지쳐 있었다. 그것을 잘 아는 강훈은 잠시 쉬는 시간을 가지는 게 좋겠다고 생각하고 옆에 있는 촬영 스태프에게 말했다.

"잠시 쉬겠습니다."

촬영 스태프가 큰 목소리로 강훈 감독의 말을 촬영 현장 전체에 전파했다. 지친 배우들과 스태프들이 휴식을 취하기 시작했지만 영조와 그의 매니저인 박재준은 쉬는 대신에 감독인 강훈을 찾아오는 것을 선택했다.

"감독님, 왜 계속 NG 사인을 보내시는 겁니까?"

재준이 눈살을 찌푸리며 물었다. 그의 옆에선 영조가 불만이 가득한 표정으로 서 있었다. 다른 스태프가 가져다준 커피를 마시고 있던 강훈은 평화로운 휴식을 방해받았다는 사실에 조금 기분이 나쁜지 인상을 쓰며 재준을 보았다.

"계속 강조했다시피 연기에 문제가 있어서 NG 사인을 보낸 것입니다. 어디가 문제인지는 제가 계속 지적하고 보완하라고 충고해 드렸으니, 재방송 요청은 하지 말아주셨으면 좋겠습니다."

"하지만 감독님, 방금 NG가 벌써 9번째 NG예요. 이건 너무 심한 거 아니에요? 그냥 적당하게 찍어서 넘겨 버리면 되지 않아요?"

이번에는 재준이 아닌 영조가 말했다. 그의 말에 강훈은 두 눈을 가늘게 뜨고 그를 노려보았고, 규현이 대신 입을 열었다.

"이 장면은 양반탈에서 아주 중요한 장면입니다. 그런데 강영조 씨의 연기는 이 중요한 장면을 장식하기엔 조금 부족한 감이 있어요."

"겨우 스토리 작가 주제에 이래라저래라 말이 많군."

영조가 혼잣말을 중얼거렸다. 마치 대놓고 규현에게 들으라고 한 것처럼 혼잣말치고는 목소리가 컸다

"방금 뭐라고 했습니까?"

좋지 않은 소리를 들으니 당연히 기분이 좋을 리 없었다. 규현이 두 눈을 날카롭게 뜨고 영조를 노려보았다. 영조는 당황한 '척'을 하면서 입을 살짝 가렸다.

"이런, 들렸어요? 혼잣말이었는데, 들렸다면 죄송합니다."

어떻게 배우가 되었는지 모르겠지만 그의 연기 실력은 정말 말이 안 나올 정도로 형편없었다.

"그나저나 정말 대충 찍고 넘어가면 안 되는 건가요? 저 슬슬 피곤해지려고 해요."

"다시 말하지만 이 장면은 매우 중요합니다. 그동안 함께해 온 동료들을 배신하면서 최진철이라는 캐릭터의 비열함이 최대한 강조되어야 해요. 그런데 강영조 씨의 연기에선 그런 것

을 찾아볼 수 없네요."

"지금 제 연기에 문제가 있다는 겁니까?"

규현의 지적에 영조는 발끈했다. 그는 연예 기획사를 운영하는 아버지의 도움으로 간신히 배우가 된 경우였다. 그래서 실력은 형편없었지만 집에서 귀한 아들로 귀하게 자라 와서 그런지 자존심은 강했다.

그는 자신의 연기 실력이 형편없다는 것을 알고 있었기 때문에 다른 사람이 그것에 대해 언급하는 것을 극도로 싫어했다. 그런데 오늘 규현이 그의 역린을 건드리고만 것이다.

"네, 문제가 있어요."

규현이 대답했다. 분명 돌려서 말하는 방법도 있겠지만 영조가 저렇게 삐딱하게 나오니 규현도 직설적으로 말이 나올 수밖에 없었다.

"솔직히 말해서 작가님이 연기에 대해서 뭘 안다고 그러십니까? 작가잖아요? 글만 쓰면 되지 않습니까?"

영조가 강력하게 나왔다. 그의 말대로 규현은 연기 전문가는커녕 연기에 대해 아는 것이 없었기 때문에 영조의 말에 쉽게 반박할 수 없었다. 규현이 수세에 몰리고 영조가 입꼬리를 끌어 올리는 순간, 강훈이 끼어들었다.

"그만하시죠. 강 대표님 얼굴을 봐서 제가 참으려고 했는데, 더는 가만히 있지 못하겠네요. 강영조 씨의 연기는 제가 보기에도 문제가 있습니다. 너무 건성이에요. 프로 의식을 조금 가져주셨으면 좋겠습니다."

강훈은 차분하게 영조의 문제점을 지적했다. 영조의 아버지인 ABC 엔터테인먼트 대표를 보고 참고 있었지만 그의 어이없는 행동에 더는 참지 못하고 나선 것이다. 강훈은 연기에 대해 아주 잘 아는 베테랑 감독이었기 때문에 영조도 쉽게 대들지 못했다.

"영조야, 일단 참아라."

영조의 매니저인 재준이 영조의 옆으로 다가가 그에게만 들릴 정도의 아주 작은 목소리로 참을 것을 권했다. 지금 그가 화를 내서 얻을 수 있는 것은 아무것도 없었다. 현재 촬영 현장에서 가장 큰 권력을 가지고 있는 두 사람이 영조의 문제를 지적하고 있었다. 영조의 뒤에 양반탈에 투자한 ABC 엔터테인먼트가 있다고는 하지만 벅찬 상대였다.

"휴식 시간 끝났습니다! 촬영 재개합니다!"

촬영 스태프가 휴식 시간이 끝난 것을 알리며 돌아다녔다. 그의 목소리가 촬영 현장에 울려 퍼졌고 강훈은 영조를 지긋이 보며 입을 열었다.

"위치로 돌아가시죠."

강훈의 말에 영조는 이를 살짝 악물었다. 그는 어린 마음에 지금 촬영을 위해 위치로 돌아가면 강훈과 규현에게 지는 것이라는 어리석은 생각을 하고 말았다. 그는 발걸음을 재촉해 강훈과 규현에게서 멀어졌지만 촬영 재개를 위한 위치로 돌아가지 않았다.

"어디 가시는 겁니까?"

"잠시 쉬겠습니다. 더는 못 하겠네요."

그의 어이없는 말과 행동에 규현은 물론이고 강훈도 할 말을 잃고 말았다. 옆에서 보다 못한 촬영 스태프 한 명이 그에게 달려가서 설득을 시도했지만 욕만 잔뜩 얻어먹고 돌아왔다.

"다른 장면부터 촬영해야겠군요."

영조의 연기 실력과 행동을 지적하긴 했지만 강훈은 더 이상 강하게 나가지 못했다. 그는 영조를 내버려 두고 다른 장면 촬영을 먼저 한다는 힘든 결정을 내렸다. 감독의 결정이 떨어졌으니, 이제 이 장면 촬영을 위해 준비한 모든 것을 정리해야 했다.

비록 조연이지만 지금에 와서 배우를 교체하는 것은 촬영 일정에 지장이 가기 때문에 가능하면 피하는 게 좋았다. 그래서 규현은 영조의 어이없는 행동에 우선 상황을 지켜보기로 했으나, 영조는 마치 사춘기의 청소년이 부모에게 시위하듯 반항하는 것처럼 어이없는 촬영 거부를 계속했다.

영조는 연신 담배를 태웠고 재준은 다급한 얼굴로 어딘가를 향해 전화를 걸고 있었다. 규현은 멀리서 담배를 태우고 있는 영조를 향했던 시선을 거두며 입을 열었다.

"팀장님, 그리고 감독님, 잠깐 저 좀 보시죠."

"알겠습니다."

"잠깐 조용한 곳으로."

규현은 강훈과 승필을 촬영 현장에서 조금 벗어난 곳으로 안내했다. 커다란 나무 밑에 모인 세 사람. 규현은 강훈과 승필을 보며 입을 열었다.

"강영호 씨에 대해 긴히 드릴 말이 있습니다."

"말씀해 보세요."

승필은 규현의 입에서 대충 어떤 말이 나올지 예상하고 있었기에 긴장한 얼굴로 말했다. 강훈과 승필이 지켜보는 가운데 규현이 입을 열었다.

"최진철 역 배우, 교체하는 게 좋지 않겠습니까? 지금 저대로 계속 놔뒀다가는 최진철의 배신 장면의 촬영이 미뤄집니다. 그건 아마도 궁극적으로 촬영 일정에 영향을 주겠죠. 아직 촬영 첫날이니까, 신속하게 교체하는 게 좋을 것 같습니다."

규현은 자신이 생각할 때 나름 타당하다고 생각되는 이유를 말하면서 최진철 역 배우의 교체를 요구했다. 웬만하면 좋게 보고 넘어가려고 했지만 그는 선을 넘고 말았다. 이대로 그를 놔둔다면 촬영에 지장이 갈 것이 분명했다.

규현은 국제콘텐츠진흥원만큼이나 양반탈에 신경을 쏟았고 그래서 촬영이 성공적으로 끝나서 최고의 작품이 만들어지기를 바라고 있었다. 그렇기 때문에 영조의 행동에 더 이상 침묵할 수 없었다.

"저도 그렇게 생각합니다."

투자와 관련된 복잡한 문제가 얽혀 있어서 쉽게 입을 열지 못하는 승필과는 다르게 강훈은 당당하게 자신의 의견을 말했다. 그도 영조의 행동이 마음에 들지 않았다. 다만, 영조의 아버지를 개인적으로 아주 조금 알고 있었기 때문에 참아준 것이었다. 하지만 그것도 한계였다. 촬영 일정에 지장을 준다면 더 이상 봐줄 수는 없었다.

"으음."

승필은 곤란한 표정으로 규현과 강훈을 번갈아 보았다. 배우 교체에 대한 큰 권한을 가진 두 사람이 의견을 강력하게 어필하고 있었다. ABC 엔터테인먼트와 투자 문제로 복잡하게 얽혀 있는 국제콘텐츠진흥원의 사정을 잘 알고 있고, 직원이기도 한 승필은 곤란할 수밖에 없었다.

"많이 곤란하신 것 같군요."

규현의 말에 승필은 그의 눈치를 보다가 힘없이 고개를 끄덕였다. 사실 ABC 엔터테인먼트의 투자가 없다고 해서 양반탈의 촬영이 중단되지는 않겠지만 제작비가 줄어드는 만큼 퀄리티가 하락하는 것은 피할 수 없었다. 이번에 양반탈 기획과 제작은 드라마 산업팀뿐만 아니라 국제콘텐츠진흥원에서 모든 것을 걸었기 때문에 반드시 최고의 작품이 나와야만 했다.

"하지만 저도 이번만큼은 양보할 수 없을 것 같네요."

"저도 정규현 작가님과 같은 생각입니다."

강훈이 규현의 의견에 힘을 실어주었다. 승필은 눈동자를 이리저리 굴리며 고민하다가 스마트폰을 꺼냈다.

"잠시 전화 한 통만 하고 오겠습니다."

규현이 고개를 끄덕이자 그는 조금 떨어진 곳에서 어딘가로 전화를 걸더니 심각한 표정으로 통화를 했다. 10분 정도가 지나고 난 뒤에서야 그는 전화 통화를 끝내고 규현과 강훈이 있는 곳으로 돌아왔다.

"교체해도 좋다고 합니다."

현재 양반탈에서 배우 교체에 대해 권한을 가진 관계자는 크게 3명으로 국제콘텐츠진흥원 측과 감독인 강훈, 그리고 작가인 규현이었다. 강훈과 규현은 이미 교체 의사를 밝혔고 승필을 통해 국제콘텐츠진흥원까지 오케이 사인을 보냈으니, 이제 남은 것은 신속한 교체였다.

"곤란하신가 보군요."

"아, 아닙니다. 괜찮아요."

규현의 질문에 승필은 고개를 저었지만 그의 얼굴은 어두 웠다. 나름 표정을 관리하고 있는 것 같았지만 짙게 깔린 어 둠을 숨길 수는 없었다. ABC 엔터테인먼트는 추가 투자를 약 속한 곳이었다. 아마도 배우가 교체되면 추가 투자가 사라질 게 뻔하니, 그게 걱정인 것 같았다. 규현은 곤란해하는 승필 의 모습에 말없이 스마트폰을 꺼내 들었다.

"잠시만 기다려 보세요."

그는 그렇게 말하고는 계좌 조회를 했다. 규현은 GE 게임 즈와 일본과 중국에서의 매출 그리고 수출에 따라 추가금을 받는 계약을 했었다. 그리고 미국에도 나이츠가 수출되었다. 그래서 규현은 추가금을 또 받게 되었는데, 그 금액이 수십억 에 달했다. 그래서 통장에는 아주 많은 돈이 잠들어 있었다.

"추가 투자가 없으면 양반탈의 퀄리티가 조금 하락하겠죠?"

"당연히 그렇겠죠?"

승필이 대답했다. 규현은 입가에 미소를 머금었다.

"투자 계약서 가지고 와요. 20억 투자할 테니까."

양반탈은 성공할 것이다. 자신이 쓴 시나리오였으니까, 분 명 성공할 것이다. 아니, 그렇게 만들 것이다. 그러니 화끈하 게 투자하는 것도 좋다고 생각했다.

결국 영조가 맡았던 최진철 배역은 김기재라는 중견배우가 맡게 되었다. 배역을 뺏긴 영조는 발악했지만 규현이 투자를 약속한 상황에서 그가 할 수 있는 것은 아무것도 없었다. 그의 아버지인 ABC 엔터테인먼트 대표가 추가 투자를 취소하겠다고 엄포를 놓았지만 규현에게서 추가 투자를 받기로 한 국제콘텐츠진흥원을 움직일 순 없었다.

"5분 뒤 촬영 시작합니다."

촬영 스태프가 촬영 시작이 얼마 남지 않았다는 것을 알리며 현장을 돌아다녔다. 그의 말을 들은 스태프들은 저마다 꿀 같은 휴식을 끝내고 촬영 재개를 위해 각자의 위치로 복귀했다.

"잘 부탁드리겠습니다."

최진철 역을 맡은 기재가 연기에 들어가기 직전에 가볍게 모두에게 잘 부탁드린다고 말하며 연기를 펼칠 위치로 이동했다. 그는 유명하지는 않지만 중견배우답게 촬영 현장 분위기를 잘 읽을 줄 알았다. 연기는 이제부터 봐야 알겠지만 다른 작품들에서 연기한 것을 보면 연기력도 꽤 괜찮은 것 같았다.

"정규현 작가님, 최선을 다하겠습니다. 최고의 연기로 최진철의 배신을 장식하겠습니다."

기재는 규현이 작품에 대한 상당한 영향력을 가지고 있다는 것을 본능적으로 눈치채고 그에게 잘 보이려고 노력했다. 규현은 그런 그의 모습이 딱히 마음에 들지는 않았지만 영조보다 낫고, 사회생활하는 데 어느 정도 필요한 윤활유 같은 거였기 때문에 이해하기로 했다.

"크흐흐흐, 이거 너무 유감스럽게 생각하지 말라고?"

스타트 사인이 들어가고 초능부대의 배신자 최진철 역을 맡은 기재가 연기를 시작했다. 부드러운 인상이었던 그는 연기가 시작되기 무섭게 비열하게 웃으며 단검 소품을 이진의 턱 밑으로 가져갔다.

"사, 살려주게."

이진 역을 맡은 배우가 간절하게 애원했다. 그는 단역배우였지만 연기 실력이 상당히 훌륭했다. 덕분에 이진의 역할을 더욱 잘 살리고 있었다. 그가 말을 끝내기 무섭게 다음 장면을 위한 준비가 들어갔다. 촬영 스태프가 다가가 그가 입에 가짜 피를 머금게 했다.

"미안하지만 내 '상관'께서는 네가 영원이 입을 다무는 것을 원하신다."

기재의 눈이 날카롭게 빛났다. 동시에 단검 소품을 휘둘러 이진 역을 맡은 배우의 목을 베는 시늉을 했다. 단검 소품이 목을 살짝 스치고 지나가는 순간 이진 역을 맡은 배우는 미리 머금고 있던 가짜 피를 토해내며 쓰러졌다.

쓰러진 이진 역할 배우의 얼굴을 카메라에 담는 것으로 오늘 촬영이 끝났다.

"수고하셨습니다."

"고생하셨습니다."

불이 꺼지자 스태프들이 뒷정리를 시작했다. 규현은 딱히 할 일은 없었지만 먼저 가는 대신에 의자를 정리하는 등 간단한 뒷정리를 도왔다. 촬영 현장의 모든 정리가 끝나자 승필이 규현에게 다가왔다.

"강 감독님이랑 간단하게 함께 식사하기로 했는데, 작가님도 함께하시겠어요?"

"그렇게 하죠."

마침 오늘은 다른 작가들의 스토리 교정을 미리 끝내고 왔기 때문에 여유가 있었다. 승필과 규현, 그리고 강훈은 나란히 서서 차가 주차되어 있는 곳까지 발걸음을 옮기며 간단한 대화를 나누었다.

"그러고 보니까 작가님, 오늘 공강이셨던가요?"

강훈의 물음에 규현은 고개를 끄덕였다. 투자를 했으니, 최고의 작품을 만들기 위해서 그동안 규현은 가능하면 촬영 현장에 참석하려고 했지만 스토리 교정이 많을 때와 학교 강의가 있을 때는 어쩔 수 없이 빠질 수밖에 없었다.

물론 스토리 교정 같은 경우엔 칠흑팔검에게 양해를 구한 뒤, 스토리 교정을 많이 해주지 않아도 되는 작가 두세 명 정도는 그에게 맡기는 것으로 일거리를 조금이나마 줄이고, 학교는 출석 점수를 포기하는 대신 F를 받지 않는 한도 내에서 적당히 빠지고 있었지만 모든 촬영 일정을 소화하는 것은 무리였다.

"그곳으로 가죠."

"그곳입니까?"

"그곳이라… 좋습니다."

세 사람은 다른 사람이 들으면 이해할 수 없는 대화를 나눈 뒤, 차에 탑승했다. 그리고 서울을 향해 차를 몰았다. 목적지는 신사동이었다. 신사동에 도착한 규현과 강훈, 그리고 승필은 촬영이 끝나면 가끔씩 들렀던 인도 요리 전문점에 들어가서 간단하게 이른 저녁을 해결한 뒤 헤어졌다.

일행과 헤어지고 운전석에 탑승하는 순간 규현은 문자메시지를 받았다. 스마트폰을 확인하니 설계 사무소에서 온 문자메시지였다. 규현은 스마트폰을 터치해서 내용을 확인했다.

[설계가 끝났습니다.]

문자메시지 내용을 확인한 규현은 시동을 걸고 설계 사무소가 있는 방향으로 차를 몰았다. 잠시 후 설계 사무소에 도착한 규현은 설계도를 수령해서 나왔다.

'바로 시공사에 들릴까?'

칠흑팔검이 추천해준 시공사가 근처에 있었다. 지금 집으로 돌아가면 언제 시간이 날지 모르기 때문에 규현은 그냥 근처에 온 김에 바로 시공사에 들르기로 했다. 건축 인허가는 이미 부모님이 받아둔 상태였기 때문에 시공사에 의뢰만하면 되는 상황이었다. 칠흑팔검이 추천해 준 시공사에 들른 규현은 전원주택 건설을 의뢰하고 곧장 집으로 돌아갔다.

*      *      *

2016년은 세월의 파도에 휩쓸려가고 2017년 1월이 찾아왔다. 드라마 촬영은 순조롭게 진행되고 있었다. 3월이나 4월이 되어 봄이 찾아오면 초반 분량을 신속하게 촬영하여 늦어도 4월에는 첫 화를 방영할 예정이었다.

"다들 새해 복 많이 받으셨어요?"

새해에도 여전히 노트북 키보드 두드리는 소리가 가득한 사무실의 문을 열고 들어오며 상현이 밝은 목소리로 인사했다. 상현은 원래부터 밝고 긍정적인 사람이었지만 작가 스탯이 B급으로 성장하고 얼음의 검을 연재하면서 인기를 얻자 더욱 밝아졌다. 규현이 장난삼아 업무 폭탄을 투하한 적도 있었는데 그때도 입가에서 미소를 잃지 않을 정도였다.

"네."

"많이 받은 것 같네요."

사무실 직원들과 작가들이 답인사를 했다. 현지는 열심히 글을 쓰는 것에 집중하고 있었다. 제국 공격기를 완결하고 약 두 달 동안 그녀는 차기작 구상만 하고 있었다. 규현이 그녀의 기획안을 모조리 반려한 탓이었다. 그게 답답했던 것인지 그녀는 규현 몰래 연재를 시도했었다. 그 결과, 망하지는 않지만 원하는 결과를 얻지 못해서 삭제하고 다른 작품을 준비하고 있었다.

"제이스 작가님도 새해 복 많이 받으셨어요?"

"네! 저는 충분히 받은 것 같네요, 하하하."

칠흑팔검의 인사에 상현이 대답하며 자리를 찾아가 앉았다. 열심히 차기작 구상을 하고 있지만 잘 되지 않아서 짜증이 치밀어 오르고 있었던 규현은 상현의 밝은 모습에 조금 기분이 풀리는 것을 느꼈다. 그는 한결 나아진 얼굴로 칠흑팔검을 보았다.

"작가님, 웹툰은 좀 어때요?"

그동안 드라마와 게임 때문에 바빠서 그에게 신경을 많이 쓰지 못했지만 칠흑팔검은 약 두 달 전부터 칠흑혈마의 웹툰 연재 준비에 들어갔었다. 그리고 작년 12월부터 칠흑혈마의 연재가 시작된 것으로 알고 있다.

그림 작가는 규현의 기사 이야기를 웹툰으로 재탄생시켰던 웹툰계의 거장 김기준이 맡았다. 그림 작가는 물론이고 글 작가 또한 아주 뛰어났기 때문에 칠흑혈마 웹툰 또한 당연히 성공했을 것이라고 규현은 생각하고 있었다.

"네. 다행히 화요일 웹툰 중에선 10위권을 꾸준히 유지하고 있네요. 이번 주는 지금 보니까 9위네요."

요일 베스트 9위면 기사 이야기만큼은 아니었지만 상당히 괜찮은 성적이었다.

"역시 베테랑 작가 두 분이 뭉치니까, 성적이 좋네요. 제가 그때 동행하지 못해서 그러는데, 계약 내용에 문제는 없었죠?"

"네. 샘플을 미리 보내달라고 해서 법률 전문가에게 검토를 부탁해서 문제가 없는지 확인했어요."

칠흑팔검 대신 상현이 끼어들어서 대답했다. 그의 대답에 규현은 고개를 끄덕였다. 규현이 바빠서 직접 웹툰 계약을 관리하지 못했기 때문에 상현이 담당했었다. 다행히 상현은 일 처리를 잘해준 것 같았다.

"잘했어."

규현이 대답을 하고 차기작 구상을 위해 다른 작가의 작품을 읽으려는 순간이었다. 벨소리가 울리자 소리가 들리는 방향으로 고개를 돌렸다. 규현의 스마트폰이 전화가 온 것을 최선을 다해 알리고 있었다. 스마트폰을 확인해 보니 이사를 위해 괜찮은 매물이 나오면 연락해 달라고 말해두었던 공인중개소 번호였다.

"잠깐만요."

규현은 대화를 나누고 있던 상현과 칠흑팔검에게 양해를 구한 뒤, 전화를 받기 위해 비어 있는 회의실로 들어갔다.

"여보세요?"

—아, 사장님? 한탕 공인중개소입니다. 괜찮은 매물이 나와서 연락드렸습니다. 신사동이고 25평의 오피스텔입니다.

신사동이면 사무실 근처였다. 25평이면 혼자 지내기에는 충분하고도 남았다. 그리고 오피스텔이니 일단 조건은 좋았다. 아직 매매 가격을 말하지 않았지만 규현은 돈이 부족하지는 않을 것이라고 생각했다.

"매매가는 어떻게 됩니까?"

하지만 매매가를 묻지 않을 수는 없었다. 규현의 질문에 공인중개사는 매매가를 말했다. 공인중개사 몇 곳을 둘러보면서 비슷한 조건에 대해 본 적이 있었다. 그것을 참고했을 때 지금 공인중개사가 말한 매매가는 비싼 것은 아니었다.

"지금 가겠습니다."

—네, 사장님. 기다리고 있겠습니다.

전화 통화를 끝내고 규현은 회의실에서 나오며 입을 열었다.

"저 오늘은 조금 일찍 퇴근할게요. 오늘 회의는 칠흑팔검 작가님께서 진행해 주시겠어요?"

"네. 걱정 말고 들어가서 쉬세요."

"믿고 맡기겠습니다."

규현이 없을 때는 늘 칠흑팔검이 회의를 맡아서 진행하고 는 했다. 현재 사무실에서 가장 경험이 많은 작가였기 때문이었다. 현지 같은 경우엔 실력과 센스는 뛰어나지만 칠흑팔검에 비하면 경험이 부족했다. 스토리 교정 등을 하려면 센스도 중요했지만 경험이 가장 중요하다고 규현은 생각했다.

"내일 뵙겠습니다."

사무실 직원들과 작가들의 인사를 뒤로한 채 사무실을 나온 규현은 계단을 통해 1층으로 내려가 차가 주차되어 있는 곳을 향해 발걸음을 옮겼다.

'주소가 저장되어 있었던 걸로 기억하는데.'

운전석에 탑승한 규현은 내비게이션을 조작하여 공인중개소의 주소를 찾아냈다. 내비게이션이 안내를 시작하고 규현의 차가 주차장을 벗어났다. 30분 정도 차를 운전해서 공인중개소에 도착한 규현은 근처에 차를 주차하고 공인중개소로 들어갔다. 서류를 살피고 있던 공인중개사가 문을 열고 들어오는 규현을 발견하고 자리에서 일어났다.

"사장님, 빨리 오셨네요?"

"네, 마침 일이 없어서 바로 출발할 수 있었어요. 도로 사정도 좋았고요."

공인중개사의 물음에 규현은 대답하면서 테이블에 가까이 붙어 있는 소파에 앉았다. 공인중개사는 서랍에서 사진 몇 장을 꺼내 규현의 앞에 올려놓았다. 오피스텔 내부의 사진이었다.

"어떻습니까?"

공인중개사가 물었다. 사진은 총 8장이었다. 규현은 8장의 사진을 유심히 살폈다.

"방은 3개입니다."

"괜찮은 것 같네요. 하지만 직접 가서 보고 싶습니다."

전세로 하는 게 아니라 매매하는 것이기 때문에 신중하게 결정을 내려야만 했다. 그래서 규현은 직접 가서 보고 싶다는 의사를 공인중개사에게 전달했다. 매매할 예정인 부동산을 직접 확인하는 것은 당연한 권리였지만 공인중개사는 조금 곤란한 표정을 지었다.

"그게… 조금 기다리셔야 할 것 같습니다."

"무슨 사정이라도 있는 건가요?"

규현의 물음에 공인중개사는 고개를 끄덕이며 입을 열었다.

"사실은 지금 집주인이 이사 준비를 한다고 정신이 없어서 이삼 일 정도는 기다려야 할 것 같습니다."

"그 정도면 기다리겠습니다."

"오피스텔은 마음에 드십니까?"

"일단은 직접 가서 보고 판단해야 할 것 같네요. 사진으로 보는 건 한계가 있어서요."

누가 찍었는지는 모르겠지만 사진은 잘 찍은 편이었다. 하지만 규현은 직접 가서 눈으로 보고 판단하고 싶었다. 그래서 공인중개사에게 확답을 하지 않았다.

"그럼 이사가 끝나면 바로 연락을 드리겠습니다."

"네."

공인중개사의 배웅을 받으며 규현은 공인중개소를 나왔다. 인정하기는 싫지만 성급하게 행동한 것 때문에 시간을 낭비했다.

며칠 뒤, 규현은 부모님에게서 공사가 끝나고 입주까지 끝마쳤다는 연락을 받을 수 있었다. 동시에 아버지와 어머니는 규현을 집들이에 초대했다. 집들이는 주말에 하기로 했기 때문에 규현은 조금 무리해서 진주로 내려가기로 했다. 진주에 내려가서 집들이를 한 규현은 오랜만에 친척들을 만나게 되었다.

"규, 규현이 왔니?"

규현의 작은 아버지인 정기석이었다. 과거 제사에서 만났을 때 규현을 무시했던 그였지만 지금은 태도가 많이 변해 있었다. 마치 강자 앞에 선 약자처럼 규현의 눈치를 살폈다. 이미 기석은 규현이 많은 돈을 들여서 지은 부모님을 위한 전원주택에 압도되고 있었다. 2층 규모였지만 웬만한 저택 부럽지 않을 정도였다.

"작은 아버지, 그동안 잘 지내셨어요?"

규현은 입가에 가벼운 미소를 머금은 채 물었다. 기석은 어색하게 웃으며 입을 열었다.

"그럭저럭 잘 지내고 있어."

"그렇군요. 그렇다면 다행이네요."

규현은 대답과 함께 기석을 지나쳐 1층의 거실로 들어섰다. 아직 가구가 제대로 갖춰지지 않아서 넓게 느껴질 수도 있겠지만 일단은 넓은 것 같았다.

"아들 왔어?"

어머니가 규현을 반겼다. 아버지도 신문을 접어서 앞에 내려놓고는 규현을 보며 가볍게 고개를 끄덕였다. 규현은 소파에 앉았다. 가구가 전부 갖춰져 있지 않다고는 하지만 소파 정도는 갖추어져 있었다.

"오, 오랜만이다."

규현을 보고 조금 당황해서 말을 더듬는 남자는 기석의 아들 석진이었다. 그는 기석과 마찬가지로 규현을 보며 어색하게 웃었다.

"다른 친척분들은 안 보이시네요?"

규현의 물음에 어머니가 입을 열었다.

"다들 먼저 가셨단다. 배고프지? 저녁 먹자."

어머니는 그렇게 말하며 사람들을 주방으로 안내했다. 음식은 미리 준비되어 있었다. 가족과 함께 저녁을 해결한 규현은 가지고 온 노트북으로 열심히 차기작 시놉시스를 작성하기 시작했고 기석과 석진은 그런 규현의 근처를 배회했다. 보다 못한 규현이 그들을 보며 지친 얼굴로 입을 열었다.

"저한테 하실 말씀이라도 있으세요?"

"아, 아니다. 열심히 하거라."

"아무것도 아니야."

규현이 물었지만 두 사람은 쉽게 말을 꺼내지 못했다. 그들은 아무것도 아니라는 말만 할 뿐이었다. 그러다 시간이 늦어 두 사람은 끝까지 어색한 표정으로 있다가 돌아갔고 규현은 알 수 없는 찜찜함을 느껴야만 했다.

"저 이만 자러 갈게요."

"그래."

규현은 노트북을 덮고 내일을 기약하기 위해 자신의 방으로 향했다. 다른 곳의 가구는 제대로 갖춰지지 않았지만 규현의 방만큼은 모든 가구가 완벽하게 갖춰져 있었다. 그 모습을 본 규현은 감동을 받을 수밖에 없었다. 그는 새 침대에 누워 잠을 청했고, 다음 날 아침 일찍 일어나 부모님께 인사를 드린 후 터미널에서 버스를 타고 서울로 돌아왔다.

3시 정도쯤에 서울고속버스터미널에 도착한 규현은 지하철을 타기 위해 발걸음을 옮겼다. 장거리 운전에 자신이 없었기 때문에 차는 집에 주차해 두고 나왔었다.

원룸에 도착해서 옷을 갈아입으려는 순간 스마트폰이 문자 메시지 알림음을 냈다.

[사장님, 지금 전화 통화 가능하신가요?]

저번의 그 공인중개사였다. 규현은 스마트폰을 터치해서 그에게 전화를 걸었다.

"여보세요?"

―네. 사장님, 안녕하세요.

"이사 끝났다고 합니까?"

공인중개사가 지금 규현에게 전화를 걸 이유는 오피스텔 문제 하나밖에 없었다.

―네. 시간 되실 때 바로 갈 수 있습니다. 집이 완전히 비어 있고 제가 비밀번호를 받았습니다.

공인중개사가 대답했다. 계약은 나중에 그를 만나서 해야겠지만 당장 오피스텔의 상태를 확인할 수는 있었다. 규현은 언제 오피스텔을 방문할 것인가에 대해 잠깐 고민했지만 이내 지금 당장 가는 게 좋다고 결론을 내렸다.

방금 진주에서 올라와서 조금 피곤하긴 했지만 궁금해서 참을 수 없었다. 사진으로 보긴 했지만 직접 두 눈으로 보고 확인해 보고 싶었다. 규현은 벗어놓았던 코트를 다시 입기 위해 들어 올리며 입을 열었다.

"지금 시간 되십니까?"

―네? 지금 당장은 힘들고 30분 정도 후엔 시간이 될 것 같습니다.

"저도 지금 집입니다. 지금 출발하면 30분 후에 도착할 것 같네요."

―네, 알겠습니다.

전화 통화가 끝났고 규현은 코트를 입었다. 그리고 다시 주차장으로 내려가 차 문을 열고 운전석에 탑승했다. 그리고 공인중개소를 향해 차를 몰았다. 규현은 예상한 시간에 정확히 공인중개사에 도착할 수 있었다.

"안내해 드리겠습니다. 제 차에 타시죠."

규현이 차에 탑승하자 공인중개사는 오피스텔이 있는 곳으로 차를 몰았다. 잠시 후 오피스텔에 도착한 두 사람은 승강기를 타고 5층으로 올라갔다. 공인중개사가 비밀번호를 입력한 뒤 문을 열었다.

"들어가시죠."

규현은 공인중개사와 함께 안으로 들어갔다.

"괜찮네요? 계약하고 싶습니다."

내부는 상당히 마음에 들었다. 그래서 규현은 바로 계약하고 싶다는 의사를 밝혔다. 그 말에 공인중개사의 표정이 밝아졌다. 그는 규현을 보며 입을 열었다.

"그럼 바로 준비하겠습니다."

며칠 뒤, 규현은 오피스텔 501호의 계약을 끝냈다. 그리고 그 외의 절차도 끝나자 며칠 후 규현은 이사까지 완벽하게 마무리했다.

*　　　　　*　　　　　*

3월이 되었다. 나이츠는 외국 시장에서 적응했을 뿐만 아니라 각종 순위권에 이름을 올리고 있었다. 미국에서는 이달의 모바일 게임에 등극하였으며 중국에서도 높은 순위에 올라 매일 같이 엄청난 매출을 기록하고 있었고 일본에서도 유명세를 떨치고 있었다. 가장 큰 성공을 거둔 쪽은 일본이었다.

나이츠에는 캐릭터 일러스트가 포함되어 있었는데, 그게 그들의 취향에 맞았던 것이었다. 일본과 미국, 그리고 중국에서 큰 성공을 거둔 덕분에 엄청난 이익을 거머쥐게 된 GE 게임즈는 대대적인 패치를 하여 일러스트를 대폭 추가하고 시즌 2 업데이트를 준비하기 시작했다.

"오빠, 제국 영웅기 연재 시작할게요."

차기작을 쓰려고 해도 계속 낮은 스탯의 작품이 나와서 고통 받고 있는 규현을 보며 현지가 말했다. 그녀도 계속 낮은 스탯의 작품만 만들어내서 규현이 계속 원고를 반려했지만 얼마 전에 제국 영웅기라는 A등급의 작품을 만들어냈다. 그날 규현은 원고를 반려하지 않았고 현지는 비축분을 쌓는 작업에 돌입했다. 그리고 오늘 마침내 연재 시작일이 되었다.

제국 영웅기는 제국 공격기 후 200년 뒤의 이야기로 망해가는 제국을 다시 일으키기 위해 4황자가 영웅들의 후손들을 모으는 내용이었다.

"그래. 지금 지금 올리면 되겠다. 가람 작가들이랑 시간대도 많이 겹치지 않고 딱 좋아."

현지의 말에 규현은 고개를 끄덕이며 대답했다.

"오늘은 회의가 없다고 하셨죠? 그럼 이만 퇴근해도 되나요? 하하하."

편집자 강석규가 주변의 눈치를 살피며 규현에게 물었다. 오늘 회의는 칠흑팔검과 상현, 그리고 지석이 동시에 휴가를 내거나 사정이 있어서 사무실 출근을 하루 쉬는 바람에 취소되었다.

보통 회의에서 모든 것을 보고받고 정리하기 때문에 회의가 끝나면 늦게까지 남아서 글을 쓰는 칠흑팔검을 제외한 대부분의 작가나 직원들이 퇴근을 한다. 평소라면 회의할 시간이 었기 때문에 석규가 퇴근해도 되냐고 물어본 것이었다.

　"네. 퇴근하세요. 다들 퇴근하세요."

　"대표님, 감사합니다!"

　규현이 퇴근해도 좋다고 말하자 사무실에 웃음꽃이 피었다. 어차피 출퇴근이 자유로운 작가들은 그렇게 기뻐하는 모습을 보이지 않았지만 편집자들은 너무나 행복한 표정으로 퇴근 준비를 서둘렀다. 이윽고 모두가 퇴근했다. 현지도 제국영웅기를 업로드한 뒤 퇴근했고 사무실에는 규현 혼자 남았다.

　"나도 서둘러야겠다. 오늘은 특별한 날이니까."

　규현은 혼잣말을 중얼거리며 가벼운 움직임으로 퇴근 준비를 서둘렀다. 그리고 사무실을 나와 문을 잠그고 보안을 활성화한 그는 가벼운 발걸음으로 계단을 내려갔다. 그의 발걸음이 오늘따라 가벼운 것에는 이유가 있었다. 오늘은 양반탈 1화가 방영되는 조금 특별한 월요일이었다.

　승필의 말에 의하면 원래는 4월에 방영될 예정이었는데 사정이 생겨서 한 달 정도 앞당겨졌다고 한다. 아직 양반탈이 방영하는 시간이 되려면 여유가 있었지만 규현은 들뜬 마음에 평소보다 속도를 높였고 금방 집에 도착할 수 있었다.

이제는 익숙해진 오피스텔에 들어온 규현은 소파에 앉아서 얼마 전에 구입한 TV를 켰다. TV 채널을 돌리다가 재밌는 게 없다는 것을 깨달은 그는 노트북으로 간단한 게임을 즐기고 작가들의 스토리를 교정한 뒤 교정본을 작가들의 메일로 보냈다. 그러다 보니 시간은 거의 10시가 되었다.

"이런!"

규현은 서둘러 리모컨으로 TV 채널을 양반탈이 방영되는 DBS로 맞췄다. 광고가 끝나고 양반탈이 방영되기 시작했다.

―오늘! 우리는 치욕스러운 역사를 바꾼다!

TV에서 날카로운 음성이 흘러나왔다. 화면에는 군복을 입은 날카로운 인상의 남자가 선언하듯 외치고 있었다. 그리고 장면이 바뀌었다. 익숙한 얼굴들이 보였다. 군복을 입은 초능부대원들이 타임머신으로 보이는 장치에 탑승하기 시작했다. 그들을 모두 태우자 장치는 가동되었고 아득하고 돌아올 수 없는 여정을 떠났다.

―생존한 것은 우리뿐인가?

―326명 중에 100명도 살아남지 못한 것 같군요.

TV 화면 속의 군인들은 비장한 표정으로 시신을 수습하기 시작했다. 시신 수습이 끝나고 그들은 어딘가로 이동을 시작했다.

"괜찮네."

양반탈을 감상하면서 규현은 감탄했다. 규현은 CG팀과 시간이 맞지 않아서 CG 작업은 대부분 지켜보지 못했다. 그래서 방금 전 타임머신 장면에 입혀진 CG도 처음 보는 것이었다. 사실 크게 기대하고 있지 않았었지만 CG가 입혀진 것을 보니 아주 깔끔하고 훌륭했다.

"진짜 괜찮은데?"

규현은 TV 화면에서 눈을 떼지 못했다. 숨조차 크게 쉬지 못하고 감상했다. 양반탈 1화가 끝나고 광고가 흘러나온 뒤에서야 그는 TV 화면에서 눈을 떼고 소파에 몸을 기댈 수 있었다.

'반응을 보자.'

규현은 탁자 위에 올려놓은 노트북을 다시 켰다. 그리고 인터넷을 접속해서 양반탈에 대해 검색해 보았다.

[양반탈 완전 대작 느낌 나네요. 미드 보는 기분이에요.]
[방금 봤는데 너무 재밌었어요!]
[양반탈 스토리 작가 정규현, 그는 누구인가?]

방금 막 1화가 끝나서 게시글이 많이 없을 줄 알았는데 생각보다 많은 블로그 게시글이 있었다. 규현은 하나하나 클릭해서 읽어보았다. 소수의 역사 전문가들의 고증 오류 지적을 제외하면 대부분이 긍정적인 내용이었다.

규현을 찬양하는 블로거도 있었는데 규현의 독자로 보였다. 그는 기쁜 마음을 주체하지 못하고 스마트폰을 집어 들어 승필에게 전화를 걸었다.

—네, 작가님.

상당히 늦은 시간임에도 불구하고 승필은 전화를 받았다.

"시청률 언제 나옵니까?"

그는 기쁜 마음을 주체 못하고 속사포처럼 토해내려던 말들을 삼키고 침착하게 질문했다. 인터넷 반응은 좋았지만 중요한 것은 시청률이었다.

"아마 내일 새벽에 집계가 끝날 겁니다. 집계가 끝나면 바로 연락드리겠습니다."

승필도 인터넷을 확인한 것인지 조금 들떠 있었다.

아직 시청률이 확실하게 집계되지 않았지만 분명 좋을 것이라고 그는 생각하고 있었다. 아니나 다를까 그 다음 날 승필이 알려준 양반탈 첫 화의 시청률은 25%로 최근 드라마 시장 현황을 볼 때 높은 수치였다.

# 31장

## 교토 북스

"기분이 묘하군."

창가에서 서서 창밖을 바라보며 규현이 혼잣말을 중얼거렸다. 지금은 오전 11시였고 3월 중순이었다. 작년 이맘때였으면 학교 강의실에 있을 시간이었지만 규현은 올해 대학교를 졸업했다. 그래서 지금 학생들은 학교에 있어야 할 시간인 지금 사무실에 있을 수 있었다.

"차기작 구상이 잘 안 되시나 봐요?"

먹는 남자가 탕비실에서 나오며 물었다. 규현은 몸을 돌려 창가에서 먹는 남자를 향해 시선을 옮겼다.

"조금 달라요."

정확하게 말하자면 차기작 구상은 잘 되는 편이었다. 읽은 게 많아서 그런지 소재와 스토리가 쉴 새 없이 떠올랐지만 문제는 쓸 만한 게 없다는 것이었다. 떠오르는 소재와 스토리로 차기작을 써보았지만 스탯을 확인하면 실망할 수밖에 없었다. 대부분이 C급이었다.

B급도 있었지만 소수였다. 물론 A급도 없지는 않았다. A급 판정을 받은 작품이 하나 있었지만 A급 중에서도 구매 수가 최하위였다. 기사 이야기를 쓰면서 높아진 규현의 눈에 만족스럽지 않은 결과였다.

"잘되었으면 좋겠어요. 힘내세요, 대표님."

먹는 남자가 규현을 향해 응원을 보냈지만 그렇게 큰 도움이 되지는 못했다. 먹는 남자는 규현을 정말 돕고 싶었지만 자신이 할 수 있는 게 없다는 것을 잘 알고 있었기 때문에 그는 그저 마음속으로 규현을 응원하며 자신의 자리로 돌아가 열심히 노트북 키보드를 두드리기 시작했다.

'살짝 짜증이 나려고 하네.'

규현은 다시 창밖을 보며 인상을 썼다. 엉킨 실타래처럼 일이 잘 풀리지 않으면 짜증이 날 수밖에 없다. 스탯이 보이게 된 이후 거침없이 달려올 수 있었지만, 오히려 장애물 없이 거침없이 달려온 탓에 앞에 거대한 벽이 나타났을 때 당황할 수밖에 없는 것 같았다.

"실례합니다."

사무실 문이 열리고 경욱이 들어왔다. 그는 피로회복제 박스를 들고 있었다. 피로회복제 박스를 본 칠흑팔검의 두 눈이 반짝였다. 창가에 서 있던 규현은 경욱의 갑작스러운 등장에 생각을 정리하고는 그에게 다가가 피로회복제 박스를 받았다. 그리고 한발 늦게 다가온 석규에게 그것을 건넸다.

"탕비실 냉장고에 넣어두세요."

"알겠습니다."

피로회복제 박스를 건네받은 석규는 탕비실을 향해 발걸음을 옮겼고 규현은 경욱을 향해 시선을 옮겼다.

"연락도 없이 어쩐 일이시죠?"

"실은 작가님에게 드릴 말씀이 있어서 이렇게 찾아왔습니다."

"전화로 하셔도 될 텐데요."

규현의 말에 경욱은 입가에 미소를 머금은 채 입을 열었다.

"전화로 말하는 것보다 직접 만나서 전하는 게 좋을 것 같다고 생각했습니다. 저도 갑자기 전달받았기 때문에 미처 연락하는 것을 잊고 이렇게 찾아오게 되었습니다."

갑자기 찾아와서 뭔가 심각한 일인가 싶었지만 경욱의 표정을 보고, 말을 들어봤을 때 심각한 문제가 발생한 것은 아닌 것 같았다.

"일단 회의실로 들어가시죠."

"네."

가람 사무실에는 응접실이 없었기 때문에 규현은 경욱과 대화를 나누기 위해 회의실로 들어갔다. 규현은 석규가 가져다준 따뜻한 커피를 입가로 가져가며 입을 열었다.

"무슨 일이시죠? 문제가 생긴 것 같지는 않은데……."

"실은 일본에서 작가님에게 관심을 보이고 있는 것 같습니다."

"일본에서요?"

규현의 물음에 경욱은 고개를 끄덕였다.

"그렇습니다. 정확하게 말하면 일본 출판계에서 작가님에게 관심을 보이고 있습니다."

"그렇습니까?"

"네. 이미 일본의 출판사 몇 곳에서 저희 측에 접촉해 왔습니다."

경욱의 말에 규현은 종이컵을 테이블 위에 내려놓고 턱을 긁적였다.

"확실한 건가요? 보통 이런 경우 현재 기사 이야기가 계약된 출판사에 연락을 하지 않습니까?"

"아마도 일본 쪽에선 자세한 사정도 모르고, 국내에 대한 정보도 많이 없기 때문에 일본에서 활동하고 있는 저희 회사에 접촉을 시도하는 것 같습니다."

경욱의 말은 사실이었다. 비슷비슷한 게임만 가득했던 일본 모바일 게임 시장에 비주얼 노블보다 완성도 높은 스토리를 가진 나이츠가 혜성처럼 등장했다. 그리고 나이츠가 배경으로 한 원작이 있다는 정보는 금세 퍼졌다. 나이츠의 게임 메뉴에 있는 개발자 명단, 그곳에 원작과 원작자의 이름이 적혀 있었기 때문에 어렵지 않게 알 수 있었다.

가슴을 울리는 나이츠의 스토리에 감동한 일본 유저들은 원작을 찾는 움직임을 보였다. 비록 번역되지 않았지만 기사 이야기를 찾는 사람들의 수가 늘어났고 이런 흐름을 눈치챈 일본 출판사들은 정규현과 접촉하기 위해 GE 게임즈에 연락을 시도한 것이었다.

보통 이런 경우에는 작품이 계약되어 있는 출판사에 연락하는 게 보통이었지만 파란책은 해외와의 연결이 매끄럽지 않았기 때문에 GE 게임즈에 연락을 한 것 같았다. 일본 출판계가 주목하고 있다는 사실에 규현은 팔짱을 꼈다. 분명 기쁜 일이었지만 차기작 때문에 바쁜 와중이라 많이 반갑지는 않았다.

"파란책에는 이 소식을 전달했습니까?"

"예. 당연히 전달했습니다. 아주 긍정적인 반응을 보이더군요."

"당연히 그렇겠죠."

경욱의 말에 규현은 고개를 끄덕이며 대답했다. 파란책은 기사 이야기가 게임으로 만들어지면서 수십억의 이익을 챙길 수 있었다. 일본 출판사들이 접촉을 시도한다는 것은 해외 출판으로 이어질 수도 있는 일이었고, 이것은 추가 이익을 발생시키는 것이기 때문에 궁극적으로는 이익을 추구하는 그들의 입장에서는 반길 만한 일이었다.

"작가님에게도 알리는 게 당연하다고 생각해서 이렇게 찾아왔습니다. 이런 기쁜 소식은 직접 전달하는 게 좋다고 생각하기도 했고요."

그렇게 말하며 경욱은 종이컵을 입가로 가져가 커피를 마셨다. 커피를 비운 그는 빈 종이컵을 테이블 위에 내려놓으며 입을 열었다.

"아마 파란책에서도 곧 작가님에게 연락할 것 같습니다."

그의 말이 끝나기 무섭게 규현의 스마트폰에 한 통의 문자 메시지가 도착했다.

"잠시 실례하겠습니다."

규현은 경욱에게 양해를 구하고 스마트폰을 확인했다. 파란책에서 보낸 문자메시지였다. 내용은 일본 출판사에 관한 내용이었다.

"파란책에서 보낸 문자메시지네요. 일본 출판사들의 메일

주소를 받았으니, 조만간에 교섭에 들어간다는 것 같네요."

"아마 지금 통역을 구하고 있을 겁니다. 파란책에는 해외 전담 부서가 없는 것으로 알고 있거든요."

GE 게임즈는 규현에게 관심을 보이는 일본 출판사 몇 곳에서 받은 메일을 고스란히 파란책에 전달했다. 해외와 관련된 업무는 처음이라 해외 전담 부서가 없는 파란책은 급하게 일본어에 능숙한 통역을 구하는 중이었다. 아마 통역을 구하면 바로 일본 출판사들에 연락을 취할 것이다.

"축하가 늦었네요. 축하드립니다, 작가님. 어쩌면 일본에 기사 이야기가 출판될 수도 있을 것 같습니다."

"아직은 모르는 일이죠. 조금 두고 봐야 할 것 같습니다."

규현은 경욱의 말에 일단은 겸손하게 대답했지만 사실은 기대하고 있었다. 일본 출판사들이 관심을 보이고 GE 게임즈에 메일까지 보내서 자신과 접촉하려고 한다는 것은 기사 이야기를 번역해서 일본에서 출간하고 싶다는 의향이 있는 것이었다. 특별한 일이 없으면 출판을 하자는 방향으로 이야기가 진행될 것이다.

"저는 이만 가보겠습니다. 전달해야 할 내용도 전달했고, 최근 일이 바빠서 말이에요."

경욱은 의자에서 일어나 빈 종이컵을 쓰레기통에 버렸다. 규현이 회의실 문을 열어주자 그는 고개를 살짝 숙이며 회의실을 나왔다. 그리고 출입구를 향해 성큼성큼 걸어가 문을 열었다.

"그럼, 작가님. 다음에 뵙겠습니다."

"네, 다음에 뵙겠습니다."

나이츠가 활약하고 있는 이상 GE 게임즈와는 좋은 파트너로 함께 갈 수 있을 것이다.

*　　　　*　　　　*

며칠 뒤 경욱의 말대로 파란책에서 규현에게 연락해 왔다. 규현에게 전화를 건 사람은 기획팀장인 규태였다.

"여보세요?"

최근 좋은 일이 연이어 찾아오고 있었지만 만족스러운 차기작이 나오지 않고 있었기 때문에 전화를 받는 규현의 목소리는 상당히 날카로웠다.

—아, 작가님. 지금 통화 가능하세요?

"네, 가능합니다."

—실은 기사 이야기의 일본 출간 때문에 드릴 말씀이 있어서 전화를 드렸습니다.

규태가 정중하게 말했다. 만약 규현이 인기 없는 작가였다면 이런 기회 자체도 없겠지만 혹시나 이런 기회가 찾아온다고 해도 출판사에서 모든 것을 결정하고, 말 그대로 의견을 구하는 것이 아닌 '통보'만 했을 것이다. 하지만 지금 규현은 파란책에 엄청난 이익을 주고 있는 아주 중요한 작가였기 때문에 파란책에서는 최선을 다해서 규현에게 맞추어 주고 있었다.

"네. 말씀하세요."

─일단 저희는 기사 이야기를 출간해 줄 출판사로 교토 북스를 염두에 두고 있습니다.

교토 북스에 대해서는 규현도 대충 알고 있었다. 일본에서 가장 유명한 라이트 노벨 전문 출판사였다. 교토 북스에서 출간된 작품 중에서는 영상화된 작품도 상당히 많았다.

"교토 북스라면 저도 들어본 적이 있어요. 조건이 가장 좋았나 봐요?"

─네. 총 8곳의 출판사에서 계약서 샘플을 보내주었는데, 교토 북스가 가장 조건이 좋았습니다.

"조건을 알 수 있을까요?"

규현의 요구에 규태는 흔쾌히 조건을 말해주었다. 그가 말해준 조건을 집중해서 들은 규현은 혹시나 잊어버릴까 봐 늘 들고 다니는 수첩을 꺼내 계약 조건을 간략하게 필기했다. 그러고는 필기한 것을 다시 한번 훑어보았다. 계약 조건은 상당히 좋았다. 교토 북스에서 손해가 발생하지는 않을까 걱정될 정도였다.

"진행해도 될 것 같습니다."

—그러면 교토 북스에 메일을 보내도록 하겠습니다.

"그렇게 하도록 하세요."

전화 통화가 끝났다. 며칠 뒤 규태가 규현을 찾아왔다. 마침 그날 규현은 야심차게 준비한 차기작이 B급 판정을 받아서 기분이 매우 좋지 않았다. 그래서 오랜 만에 규태의 얼굴을 보았지만 크게 반갑지 않았다. 물론 내색하지는 않았다. 규현과 규태는 사무실에서 나와서 근처의 카페로 향했다. 규현은 아이스티를 주문했고 규태는 아메리카노를 주문했다.

"교토 북스에 메일을 보냈고 답신이 왔습니다."

규태가 먼저 말문을 열었다. 규현은 아이스티를 한 모금 마신 뒤 테이블 위에 내려놓으며 입을 열었다.

"뭐라고 왔던가요?"

"중요한 계약이니만큼 우편으로 진행하는 것보단 직접 만나서 계약을 하고 싶다고 합니다."

어쩌면 당연한 것이었다. 국내에서 이루어지는 계약과는 스케일 자체가 다르기 때문에 직접 만나서 계약을 하는 것은 당연한 것이었다.

"그래서 일본으로 와주었으면 좋겠다고 하네요. 물론 비행기 표는 준비하겠다고 합니다."

규태의 말에 규현은 눈살을 찌푸렸다. 비행기 표가 문제가 아니었다. 왠지 일본으로 직접 찾아가면 숙이는 느낌이 들었다. 그래서 싫었다.

"직접 오라고 하세요."

"네?"

규태는 조금 당황했다.

"못 온다고 하면 계약 조건 조금 안 좋아도 상관없으니까, 직접 한국에 오겠다는 출판사와 계약하도록 하죠."

"하지만 교토 북스는 조건이 아주 좋습니다."

"팀장님, 저는 팀장님을 정말 좋아하지만 이건 양보 못 해드려요."

규태를 보며 규현이 차분한 목소리로 말했다. 목소리에서 느껴지는 굳은 결의를 느낀 규태는 규현을 설득하는 것을 포기하고 고개를 끄덕였다.

"알겠습니다. 일단 메일을 보내도록 하겠습니다."

대화는 끝이 났고 두 사람은 카페에서 헤어졌다. 사무실로 돌아온 규태는 즉시 교토 북스에 메일로 보낼 내용을 작성했고 통역이 직접 일본어로 옮겨 적어서 메일을 보내주었다. 답신을 1시간도 되지 않아서 도착했다. 통역이 한국어로 옮겨준 답신을 읽은 규태는 경악했다.

"거짓말이지?"

그는 스스로에게 물었지만 그의 두 눈은 거짓말을 하지 않았다.

"교토 북스에서 한국까지 찾아온다고?"

규태는 무리한 요구라고 생각하고 있었다. 그래서 교토 북스가 아닌 다른 출판사와 계약할 것도 생각하고 있었다. 그런데 교토 북스에서 무려 한국까지 흔쾌히 찾아오겠다는 답신을 보낸 것이다. 규태는 믿을 수 없었다. 자신들이 을이라고 생각했었는데, 지금 보니까 자신들은 갑이었고 교토 북스가 을이었다.

"실장님, 말씀하신 대로 한국의 파란책에 메일을 보냈습니다."

단정한 옷차림에 차분한 인상의 교토 북스 기획팀장 야마모토 켄이치는 상사인 편집기획실장 타카하시 마코토가 시킨 대로 메일을 작성해서 매니지먼트 파란책에 메일을 보냈다.

"잘하셨어요, 기획팀장. 이제 한국에 갈 준비를 서둘러야겠군요."

"타카하시 실장님, 대화 중에 갑자기 끼어들어서 죄송합니다. 그런데 짚고 넘어가야 할 게 있습니다."

옆에서 두 사람의 대화를 가만히 듣고 있던 제1편집팀장 사토 타쿠야가 끼어들었다.

"무엇이죠? 말해보세요."

마코토가 차분하게 물었다. 타쿠야가 입을 열었다..

"우리가 한국까지 가야 할 필요가 있습니까?"

타쿠야는 자신이 일하고 있는 교토 북스에 대한 자부심이 엄청났다. 그래서 기사 이야기라는 작품만을 보고 직접 한국에 가야 하는 이유를 이해하지 못하고 있었다.

"어쩔 수 없지요. 언제나 우리가 갑이었지만 이번에는 아닙니다."

마코토의 말에 타쿠야는 경악할 수밖에 없었다. 일본에서 가장 이름 있고 세계적으로도 알려져 있는 교토 북스는 언제나 갑이었다. 그런데 마코토는 이번만큼은 교토 북스가 을이라고 말했다. 타쿠야는 마코토의 말을 믿을 수 없었다. 아니, 믿기 싫었다. 그는 무너지려는 멘탈을 애써 다잡고 입을 열었다.

"기사 이야기에 그만한 가치가 있다는 말씀이십니까?"

타쿠야의 목소리가 가늘게 떨리고 있었다. 그는 교토 북스가 갑이 아닌 을을 자처할 정도로 기사 이야기에 가치가 있다고 생각하지 않았다. 하지만 마코토와 켄이치의 생각은 달랐다.

"기사 이야기는 우리가 한국으로 가야 할 충분한 이유가 됩니다. 만약 다른 출판사에서 먼저 기사 이야기를 확보한다고 가정한다면 그 출판사는 어떤 위치에 있더라도 교토 북스를 뛰어넘을 것입니다."

기획팀장 야마모토 켄이치의 평가였다. 그의 고평가에 타쿠야는 다시 한번 놀랐다. 교토 북스가 을이라는 마코토의 말을 들었을 때 어느 정도 예상하긴 했지만 설마 이 정도로 기사 이야기가 고평가받고 있을 줄은 몰랐다. 마코토와 켄이치는 나이츠를 플레이했을 뿐만 아니라 기사 이야기도 1권은 통역의 힘을 빌려 자체 번역해서 읽었다. 그에 비해 타쿠야는 나이츠조차 플레이해 보지 않았다.

"편집팀장은 아직 나이츠를 플레이해 보지 않으셨군요? 분명 플레이해 보라고 했을 텐데요."

"그, 그것은……."

마코토의 날카로운 지적에 타쿠야는 쉽게 말을 잇지 못했다. 그는 마코토의 날카로운 시선을 받아내지 못하고 고개를 옆으로 살짝 돌렸다.

"편집팀장은 자리로 돌아가세요. 그리고 기획팀장은 실장실로 따라오세요."

타쿠야는 어두운 표정으로 자신의 자리로 돌아갔다. 그리고 기획팀장인 야마모토 켄이치는 편집기획실장 타카하시 마코토와 함께 실장실로 들어갔다. 마코토는 실장실에 들어가기 무섭게 서랍에서 뭔가 서류를 꺼내 켄이치에게 건넸다.

"이게 무엇입니까?"

켄이치는 그렇게 말하며 호기심에 서류를 향해 시선을 옮겼다. 그리고 그의 두 눈이 커졌다. 서류에는 규현에 대한 간략한 정보가 적혀 있었다. 상세한 정보는 아니었지만 대외적으로 드러난 신상보다는 많은 것이 적혀 있었다.

"이건……."

"그렇습니다. 정규현 작가에 대한 간략한 정보입니다."

"이걸 왜 저에게……."

켄이치의 물음에 마코토는 입을 열었다.

"한국에서 많은 도움이 될 겁니다. 이만 나가봐도 좋아요."

나가봐도 좋다는 마코토의 말에 켄이치는 서류를 들고 실장실을 나왔다. 그리고 자리로 돌아가서 다시 한번 서류를 살폈다. 서류를 살펴보니 규현이 싫어하는 것에 대해서 특히 강조되어 정리되어 있었다.

"그렇군. 그런 것인가?"

켄이치는 한국에서 많은 도움이 될 것이라는 마코토의 말뜻을 이해할 수 있었다.

*          *          *

규현과의 계약을 위해서 일본의 교토 북스에서는 기획팀장 야마모토 켄이치를 한국으로 보냈다. 켄이치는 한국이 처음이 었기 때문에 파란책 사무실까지 계약을 위해 이동하는 게 무리가 있었다. 그래서 파란책과 규현은 교토 북스의 켄이치와 미리 사전에 이야기해서 서울의 카페에서 만나기로 했다.

"조금 늦는 것 같네요."

아이스티를 한 모금 마신 뒤, 규현은 스마트폰으로 시간을 확인하며 말했다. 지금 3시 5분을 넘기고 있었는데 3시에 만나기로 한 켄이치라는 교토 북스 관계자는 그림자조차 찾아 볼 수 없었다.

"그러게요, 하하. 아무래도 주변 지리에 익숙하지 않아서 늦으시는 것 같습니다."

"한국에 처음 오신다고 하니까, 그럴 수도 있겠네요."

규태는 어색하게 웃으며 말했고 규현은 이해한다는 듯 고개를 끄덕였다. 듣기로는 켄이치는 한국에 처음 오는 것이라고 했다. 그러니 길을 잃어도 이상하지 않을 것이다.

"잠깐, 그런데 공항에서 통역사랑 합류해서 이쪽으로 온다고 하지 않았습니까? 통역사는 근처 지리를 잘 알 텐데요?"

규현의 날카로운 지적에 규태는 쉽게 입을 열지 못했다. 그의 말대로 켄이치는 원활한 계약 진행을 위해 미리 고용한 통역사와 공항에서 합류해서 약속 장소로 나오기로 했다. 전달받은 내용에 의하면 통역사는 한국 사람이었다. 그래서 규현은 당연히 약속 시간에 맞춰서 나올 줄 알았다.

"조금만 기다리시면 곧 올 겁니다."

"저기, 저 사람들 아닌가요?"

규현이 검지로 어딘가를 가리켰다. 교토 북스에서 켄이치가 공항으로 가기 전에 그의 사진을 규현과 규태에게 보냈기 때문에 두 사람은 켄이치의 얼굴을 알고 있었다.

규태는 규현이 검지로 가리키는 곳을 향해 시선을 옮겼다. 그리고 남자 두 명이 카페 안으로 걸어 들어오는 것을 볼 수 있었다.

단정한 헤어스타일과 옷차림, 그리고 새까만 뿔테 안경을 쓴 모습이 교토 북스에서 보내준 이미지 파일과 일치했다. 교토 북스의 기획팀장 야마모토 켄이치가 분명했다. 카페 안으로 들어온 켄이치는 눈동자를 이리 저리 움직여 카페 안을 살폈다. 규현과 규태를 찾는 것 같았다. 파란책에서도 켄이치에게 규태와 규현이 찍힌 이미지 파일을 보냈었다.

"야마모토 씨, 여기입니다!"

규태가 켄이치에게 들리면서 주변 사람들에게는 폐가 되지 않을 정도로 적당히 목소리를 조절해서 그를 부르며 손을 흔들었다. 켄이치보다 규태를 먼저 발견한 통역이 켄이치에게 규태와 규현이 있는 위치를 알려주었다.

"반갑습니다."

켄이치가 말했다. 그의 말은 동행한 통역을 통해 규현과 규태에게 전달되었다.

"반갑습니다. 정규현이라고 합니다."

"파란책 기획팀장 조규태입니다. 먼 길 오시느라 고생이 많으셨습니다."

두 사람의 인사를 통역이 켄이치에게 전달했다. 켄이치는 입가에 가벼운 미소를 머금었다.

"늦어서 죄송합니다. 통역을 맡으신 분이랑 길이 엇갈리는 바람에… 죄송합니다."

통역이 켄이치의 말을 전달했다.

"괜찮습니다. 그렇게 많이 늦은 것도 아닌데요."

규현이 말했다. 슬쩍 스마트폰을 확인해 보니 3시 8분이었다. 8분 정도 늦는 것은 충분히 이해할 수 있었다.

"이해해 주셔서 감사합니다."

"저는 커피를 주문하고 오겠습니다."

통역사가 켄이치의 말을 전달하는 사이 규태는 커피를 주문하러 간다며 자리를 비웠다. 규현은 켄이치, 그리고 통역사와 함께 자리를 지켰다.

"정규현 작가님, 정말 만나고 싶었습니다. 모바일 게임 나이츠를 정말 재밌게 플레이하고 있습니다."

어색한 분위기가 흐르는 가운데, 켄이치는 이 어색한 분위기를 깨기 위해서 입가에 미소를 그린 채 나이츠에 관한 이야기로 대화의 시작을 열었다. 켄이치는 나이츠를 플레이하는 유저이면서 교토 북스에서 비밀리에 번역한 기사 이야기 1권을 읽은 독자였지만 번역본 이야기는 교토 북스의 비밀이기도 했고 작가 본인이 들었을 때 기분이 조금 나쁠 수도 있는 문제이기 때문에 굳이 말하지 않았다.

"아, 나이츠 유저이신가요?"

"네. 당연한 이야기지만 일본 서버에서 플레이하고 있습니다."

규현의 눈동자가 반짝였다. 나이츠를 플레이한다는 것으로 켄이치를 향한 호감도가 조금 상승했다.

"실례지만 레벨이 어떻게 되시나요?"

어떤 게임을 플레이하고 있다는 소리를 들으면 가장 먼저 묻는다는 레벨에 관한 질문에 켄이치는 미소를 지으며 코끝으로 내려온 안경을 살짝 올렸다.

"100입니다. 지금 제국 중앙기사단 세트를 장비하고 있습니다."

"그렇군요."

규현은 고개를 끄덕이며 대답했다. 눈앞의 일본인은 진짜다. 100이면 나이츠에서 최고 레벨이었다. 최고 레벨이란 것은 더 이상 올라갈 레벨이 없다는 것을 의미했다. 거기다 제국 중앙기사단 세트는 장비 중에서도 얻기 힘든 아이템이었다.

일본 서버에 나이츠가 서비스를 시작하고 짧지 않은 시간이 흘렀지만 제국 중앙기사단 세트를 장비하고 있는 유저의 수는 적었다. 규현도 나이츠를 플레이하고 있었다. 그는 라이트 유저였지만 제국 중앙기사단 세트를 착용하려면 엄청난 반복 작업이 필요하다는 것을 알고 있었다.

"커피 가지고 왔습니다, 야마모토 씨."

규현과 켄이치가 나이츠에 대한 이야기로 웃음꽃을 피우고 있을 때, 규태가 커피 두 잔을 들고 나타나 켄이치와 통역사의 앞에 하나씩 놓았다. 규태가 의자에 앉자 본격적인 계약 이야기가 오고 가기 시작했다.

켄이치는 상당히 능숙했다. 규현과 규태가 잠시 정신을 놓은 사이 그들은 켄이치의 화술에 말려들어가 사인을 할 뻔했다.

"정신 바짝 차려야겠습니다."

규현이 규태에게만 들릴 정도의 작은 목소리로 말했다. 규태는 고개를 끄덕였다. 계약을 하기 위해 만나기는 했지만 계약이 확정된 것은 아니었다. 계약서에는 수익 분배 구조 등에 대해선 확실하게 명시되어 있었지만 적혀 있지 않은 것도 있었기 때문에 직접 물어볼 필요가 있었다.

'생각보다 상대가 많이 노련하군. 통역사를 통해 전달되고

있는데도 이 정도인데… 만약 직접 들었다면 이미 사인을 했을지도 모르겠군.'

규현은 그렇게 생각하며 의자 등받이에 부드럽게 몸을 기댔다. 규태도 파란책에서 일하면서 많은 작가와의 계약을 성사시킨 베테랑이었지만 켄이치와 비교하면 어린아이라고 봐도 좋을 정도로 경험이 부족했다. 거기다가 규태는 해외 출판사와 계약을 진행하는 것은 처음이라 많이 긴장하고 있었다.

규태는 몇 번 질문을 했지만 정작 중요한 것은 질문하지 못하고 어영부영 망설였다. 보다 못한 규현이 남은 아이스티를 모두 마시고는 켄이치를 보며 입을 열었다. 그는 규태가 미처 질문하지 못한 것을 질문했고 켄이치는 규현의 물음에 흔쾌히 대답했다. 규현은 고개를 돌려 규태를 보았다.

"역시 조건이 좋은 게 맞습니다. 바로 계약하면 될 것 같습니다."

규태가 작은 소리로 말했다. 규현도 고개를 끄덕였다. 이것으로 계약이 확정되었다.

"계약하겠습니다."

규태가 계약하겠다는 의사를 확실하게 밝히자 켄이치는 서류 가방에서 6장의 계약서를 꺼냈다. 이제 계약이 끝나면 한국어로 적힌 계약서와 일본어로 적힌 계약서가 각각 1장씩, 세 사람이 보관할 것이다. 설명을 듣는 데 한참 걸렸지만 계약은 순식간이었다.

"최대한 빨리, 아마도 5월 초에 일러스트가 포함된 단행본으로 1권이 출간될 겁니다."

계약서를 나눠 가지고 자리에서 일어선 순간 켄이치가 간단하게 설명했다. 그의 말에 규현은 깜짝 놀랐다.

"5월이요? 그렇게 빨리 가능합니까? 마치 번역본이 있는 것처럼 말씀하시네요."

규현의 말을 통역으로부터 전달받은 켄이치는 자신이 말실수를 했다는 것을 깨달았다. 사전 번역본의 정체가 규현에게 들통나서는 안 된다. 그랬다가는 무슨 일이 벌어질지 몰랐다.

"번역 인원을 대폭 늘릴 생각입니다."

켄이치는 어색한 웃음을 흘리며 규현의 시선을 피했다.

"그럼 가보겠습니다."

그는 서둘러 자리를 피했다. 규현은 두 눈을 가늘게 뜨고 그의 뒷모습을 보았다. 뭔가 수상한 느낌을 지울 수 없었다.


편집자는 길을 알려줄 뿐, 어떤 길을 갈 것인지는 작가가 정한다. 규태는 편집자의 편을 드는 대신 규현의 편을 들었다. 지금 규현은 절대적인 갑의 위치에 있었다. 규현이 딱히 갑질을 하거나 그러지는 않았지만 아무래도 규현이 파란책에게 큰 이익을 주고 있었기 때문에 파란책의 기획팀장인 규태의 입장에선 과거보다 규현을 대할 때 조심스러울 수밖에 없었다.

"이해해 주셔서 감사합니다."

─이해라니요, 당연한 일입니다. 그런데 작가님, 기사 이야기 개정판은 문학 왕국에서 연재를 하실 생각이신가요?

규태가 규현의 말에 맞장구를 치며 조심스럽게 물었다. 문학 왕국에 연재되었던 소설이 개정판까지 나오는 경우는 드물었다. 아니, 전무하다고 해도 좋을 정도였다. 그래서 파란책의 입장에서는 개정판의 문학 왕국 연재에 대해 조심스러웠고 작가의 의견을 최우선적으로 반영할 생각이었다.

"당연히 문학 왕국에 연재되어야 하지 않나요?

─사실은 문학 왕국에서 연재했던 작품 중에서 개정판이 나온 경우가 거의 없어요. 아니, 적어도 제가 알기로는 없습니다. 그래서 참고할 정보 같은 게 없어요.

규태의 설명대로 지금까지 출판된 개정판은 대부분 1세대 소설이었고 문학 왕국에서 연재했던 작품의 개정판이 출간된 경우는 '거의' 없었다. 그래서 참고할 정보가 부족했다.

"문학 왕국에 연재하는 게 악영향을 줄 수도 있다는 말씀이신가요?"

─확답은 드릴 수 없지만 어쩌면 그럴 수도 있습니다.

규태는 애매하게 말했다. 개정판 출간은 매니지먼트 파란책에서는 처음 하는 작업이었고 문학 왕국에서 연재하지 않은 1세대 작품들은 개정판을 출간한 경우가 조금 있었지만 문학 왕국에서 연재했던 작품의 개정판이 출간되었다는 것은 적어도 규태는 들은 적이 없었다. 그래서 정보가 많이 없었다.

확실한 것은 기사 이야기 개정판을 문학 왕국에 연재하게 될 경우, 그들을 기다리고 있는 것은 좋은 결과뿐만이 아니라는 것이다. 자세히는 모르지만 좋지 않은 결과도 분명히 기다리고 있었다.

"문학 왕국에 연재하지 않게 되면 수익이 상당히 많이 줄어들지 않을까요?"

—그것은 걱정하지 않으셔도 좋습니다. 각 플랫폼 정산 내역을 확인하셨으니 아시겠지만 문학 왕국은 오히려 작은 플랫폼에 속합니다. 문학 왕국을 포기하더라도 기사 이야기 개정판을 읽을 독자들이라면 다른 플랫폼을 통해서 분명히 읽을 테니, 궁극적으로는 수익이 크게 줄어들지 않을 것입니다.

국내의 플랫폼을 전부 집합시킨다면 문학 왕국도 그렇게 규모가 큰 편은 아니라는 것을 알 수 있었다. 오히려 나이버 스토어와 북페이지 등이 국내에선 가장 규모가 큰 플랫폼이라고 할 수 있었다.

"정말 그렇게 될까요? 문학 왕국에서만 소설을 읽는 독자들도 있을 텐데요."

규현이 조심스럽게 우려를 표했다. 우물 안 개구리라는 말이 있듯이 문학 왕국이 소설 시장의 전부라고 착각하고 벗어나지 않으려는 독자들이 있었다.

─분명 있습니다만, 그 수는 그렇게 많지 않습니다. 그리고 작가님 정도의 명성이면 그런 우물 안의 개구리들도 우물 밖으로 나오게 만들 수 있을 겁니다.

규태는 확신에 찬 목소리로 말했다. 규현은 현재 국내 장르 문학계에서 1세대 작가들에 못지않은 명성을 가지고 있었다. 이상진 같은 1세대 작가들은 이미 비교 대상이 아니었고 정현도나 김상균 같은 작가들과 거의 비슷한 명성과 독자들을 보유하고 있었다.

규현의 명성이라면 문학 왕국에서 연재하지 않아도 그곳의 독자들이 고스란히 다른 플랫폼까지 따라올 확률이 높았다. 실제로 몇몇 명성 있는 작가는 문학 왕국이 아닌 나이버 스토어나 북페이지에서 작품을 독점 공개하는 경우도 있었다.

"좋습니다. 그러면 그렇게 진행시켜 주세요."

짧은 고민 끝에 규현은 결정을 내렸다. 스마트폰 너머로 규태의 안도의 한숨 소리가 들리는 것 같았다.

─네, 작가님. 조만간에 다시 연락드리겠습니다.

"수고하세요."

규현은 그 말을 끝으로 규태와의 전화 통화를 끝냈다.

*　　　　　*　　　　　*

규태와의 전화 통화를 통해 기사 이야기 개정판을 문학 왕국에서 연재하지 않고 다른 플랫폼에서만 출간을 진행하는 것으로 합의한 지 며칠의 시간이 흘렀다. 기사 이야기 개정판이 북페이지와 나이버 스토어 등 국내 전자책 판매 사이트에 출간되었다. 아무래도 개정판이다 보니, 팔리지 않을까 봐 규현은 걱정하기도 했지만 기사 이야기 개정판은 너무나 쉽게 국내 전자책 판매 사이트를 휩쓸었다. 나이버 스토어는 물론이고 북페이지까지 1위에 올랐다. 북페이지 같은 경우엔 3위권에 드는 게 정말 쉽지 않았다. 규현이 3위권에 들기 전까지만 해도 부동의 3위권이라고 하는 3명의 작가들이 포진하고 있었다.

3위권은 부동이라고 할 수 있을 정도로 웬만해서는 변동이 없었다. 3위는 그나마 변동이 있을 때가 가끔 있었지만 1위와 2위는 말 그대로 부동이었다. 특히 1위인 김상균 작가의 작품 검은 용 기사단은 완결이 난 지 한참이 지났음에도 불구하고 압도적인 성적으로 1위를 유지하고 있었다. 규현의 기사 이야기 개정판이 그런 괴물을 뛰어넘고 1위에 오른 것이다.

[티미 작가를 시작으로 3대장이 흔들리기 시작하더니, 결국

김상균 작가님까지……!]

　[기사 이야기는 개정해도 역시 기사 이야기다.]

　[흔들림 없던 왕좌가 무너지다.]

　[수호자 작가님의 신작을 기대했지만 개정판도 상당히 재밌네요!]


　당연한 이야기지만 인터넷에서는 난리가 났다. 검은 용 기사단이 2위로 떨어지기 무섭게 블로거들은 저마다 자신의 블로그에 새로운 1위의 등장에 관한 게시글을 적었다.

　기사 이야기 개정판 1권은 기존보다 스토리 진행과 문장이 훨씬 깔끔해졌기 때문에 많은 독자의 호응을 이끌어냈다. 그래서 독자들은 기사 이야기 개정판의 1위 등극에 환호했다.

　북페이지와 나이버 스토어 등의 장르 소설이 들어가는 모든 전자책 판매 사이트들은 기사 이야기 개정판을 메인에 올려서 이용자들에게 왕의 귀환을 알렸다.


　〈기사 이야기 개정판은 기존에 있던 사족을 과감하게 쳐내는 것으로 스토리의 완성도를 높였다〉

　〈추가로 삽입한 동료 기사들의 이야기는 독자들의 흥미를 유발하기에 충분하다〉

사무실에서 퇴근한 규현은 늦은 시간까지 인터넷에 올라온 기사 이야기 개정판에 대한 게시글들을 찾아 읽었다. 부정적인 반응도 있었지만 대부분 호평이었기 때문에 규현의 입가에선 미소가 떠나지 않았다. 장르 문학계 전문가들도 호평을 아끼지 않고 극찬했다.

규현은 문학 왕국 서재에 비밀글로 올려둔 기사 이야기 개정판의 스탯을 다시 확인해 보았다. 종합 등급은 그대로였지만 예상 구매 수가 조금 상승해 있었다. 전문가들과 파워 블로거들의 리뷰가 영향을 끼친 것 같았다.

[기사 이야기인지, 사골 이야기인지 모르겠네! 사골도 아니고 그만 우려먹어라!]

인터넷을 검색하던 규현은 기사 이야기 개정판에 대한 부정적인 게시글을 확인하고 클릭했다. 신작을 출간하지 않고 기사 이야기를 계속 재활용하는 것에 불만을 가진 것 같았으나, 규현의 독자들이 가만히 있지 않았다. 그들은 마치 능동 방어 시스템처럼 부정적인 게시글에 반응하여 규현을 보호했다.

부정적인 내용을 담은 게시글은 규현의 독자들의 공격을 몇 분 버티지 못하고 삭제되었다. 게시글의 최후를 확인한 규현은 인터넷 탐험을 계속했다. 한참 재미를 붙이고 있을 때 전화가 걸려 왔고 규현은 스마트폰을 확인했다. 규태였다.

"여보세요?"

규현은 스마트폰을 귓가로 가져가 전화를 받았다.

─작가님, 혹시 메일 받으셨어요?

"무슨 메일이요?"

─교토 북스에서 기사 이야기 단행본 출간 날짜가 정해졌다는 메일이 도착해서요. 혹시나 싶어서 작가님에게 알려 드리려고 전화했습니다.

"잠시만요. 확인해 볼게요."

규현은 마우스를 움직여 메일을 확인했다. 교토 북스에서 한국어로 보낸 메일이 한 통 도착해 있었다. 확정된 출간일에 대한 간단한 안내였다. 일본에서 출간될 기사 이야기 단행본은 이제 빛을 보기까지 얼마 남지 않았다.

"그나저나 생각보다 일찍 출간하네요. 번역과 일러스트 작업에 시간이 조금 더 걸릴 줄 알았는데요."

─자세한 사정은 저도 모르겠지만 미리 준비를 하고 있었던 것 같습니다. 일러스트 작가는 이미 확보한 상태였다고 들었습니다.

"그렇군요. 일단은 알겠습니다."

─네, 그럼 다음에 다시 연락드리겠습니다.

전화 통화를 끝낸 규현은 책상을 대충 정리하고 침실로 들어가 침대 위에 누워 잠을 청했다. 그리고 며칠의 시간이 지났다. 며칠 동안 기사 이야기 개정판 2권의 원고 수정의 방향을 잡지 못했다. 편집자의 방향성 제시는 사실상 지금 규현의 수준에선 크게 의지할 수 있을 만한 게 아니었다. 그래서 기분 전환이 필요하다고 생각한 규현은 사무실에 출근하는 대신 카페로 향했다.

　카페에 앉아서 노트북을 켜고 무선 인터넷을 연결했다. 그리고 원고 작업을 하기 전 인터넷에 접속했다. 나이버에서 기사 이야기에 대한 기사를 어렵지 않게 찾을 수 있었다.

　〈정규현(수호자) 작가의 기사 이야기! 1세대 이후 닫혀 있던 해외 진출의 문을 열다〉

　기사 이야기의 일본 진출에 대한 기사였다. 기사와 댓글을 확인한 규현은 기사 이야기 개정판 2권의 원고 작업을 하기 위해 인터넷을 끄려다 새로운 메일이 도착한 것을 확인할 수 있었다. 아마도 교토 북스이거나 스팸일 것이다.

　'교토 북스였으면 좋겠군.'

　규현은 교토 북스였으면 좋겠다고 생각하며 메일함을 클릭했다. 일본에 기사 이야기 단행본이 출간되면 교토 북스에서 반응을 간략하게 정리해서 메일로 보내주기로 했었다. 메일을 열어보니 예상대로 교토 북스에서 온 메일이었고 일본에서의 기사 이야기 단행본에 대한 반응이 간단하게 요약되어 있었다.

[안녕하세요. 작가님. 교토 북스 기획팀장 야마모토 켄이치입니다. 작가님께서 서론이 긴 것을 좋아하지 않으시니, 거두절미하고 본론만 간단하게 말씀드리겠습니다. 기사 이야기 단행본 1권이 모두 팔렸습니다. 따라서 1만 부 정도 증쇄 예정입니다.]

한국에서는 흔치 않은 일이었지만 일본에서는 한국에 비해서 비교적 자주 있는 일이었다. 메일에 초판을 얼마나 인쇄했는지 나와 있지는 않았지만 1만 부를 증쇄한다는 것으로 보아 초판도 적게 인쇄한 건 아닐 것이다.

"출간 하루 만에 증쇄라니."

규현은 믿을 수 없다는 표정으로 중얼거렸다. 기억이 잘 나지 않는데다가 계약서에 정확한 인쇄 부수는 적혀 있지 않아서 확실하게는 몰랐지만 교토 문고에서는 초판 인쇄를 1만 부 이상하기로 특약 사항에 정확히 명시했었다. 출간은 어제였으니 하루 만에 최소 1만 부가 모두 팔렸다는 것을 의미했다.

"믿을 수 없군."

규현은 혼잣말을 중얼거리며 의자 등받이에 몸을 기댔다.
하지만 기쁨의 늪에 빠져 허우적거리는 것도 잠시였다. 그는
곧 기사 이야기 개정판 2권의 원고 작업을 해야 한다는 것을
깨닫고 문서 작성 프로그램을 켰다.

한참 동안 노트북 키보드를 두드려 어딘가를 지우고 어딘
가를 추가하고를 반복한 그는 구매 수의 변동을 통한 대중성
파악을 위해 문학 왕국에 들어갔다. 그리고 언제나처럼 비밀
글로 올리고 스탯을 확인했다. 그리고 스탯을 확인한 규현은
기절할 뻔했다.

[기사 이야기 개정판]
분류: 판타지.
종합 등급: S.
30일 뒤 예상 24시간 구매 수: 약 30,000.

종합 등급이 S로 상승해 있었다.

기사 이야기 개정판의 종합 등급이 S로 나온 것에 규현은
너무나 놀라서 그 자리에서 쓰러질 뻔했다. 겨우 정신을 수습
하긴 했지만 온전히 수습한 것은 아니었기에 가람 작가들의
스토리 교정이 남아 있음에도 불구하고 서둘러 오피스텔로

돌아갔다.

'진정하자.'

오피스텔로 돌아온 규현은 간단하게 샤워를 하면서 마음을 진정시켰다. 그리고 거실의 소파에 앉아서 진지하게 생각해 보았다. 여러 가지 경우의 수가 떠올랐으나, 가장 가능성이 높은 것은 일본 출간으로 인한 인지도 상승이었다. 인지도 상승으로 인해 예상 구매 수가 늘어나게 되었고 그것이 종합 등급이 상승하는 결과를 가져오게 된 것 같았다.

규현의 능력은 작품의 인지도가 높아진 것이 궁극적으로 구매 수의 상승을 가져올 것이라고 판단한 것 같았다.

문학 왕국이나 북페이지의 여러 작품들을 관찰해 본 결과, 꼭 작품성이 뛰어나지 않더라도 대중들에게 인기가 있다는 이유 하나만으로 높은 등급을 가지고 있는 작품이 더러 있었다. 이것은 순수 문학도 예외가 아니었다.

'다시 확인해도 S급. 내 눈이 잘못된 것은 아냐.'

규현은 혹시나 싶어서 다시 확인해 봤지만 구매 수만 아주 조금 변동됐을 뿐, 종합 등급은 변함없었다.

여러 생각이 들었지만 일단 등급이 S급으로 오른 것은 기뻐할 일이었기 때문에 규현은 복잡하게 생각하지 않기로 했다.

슬슬 시간도 늦었기에 규현은 잔업을 정리하고 잠시 생각을 정리하기 위해 소파에 앉았다.

생각을 끝내고 자기 전에 시간을 확인해 보니 새벽 1시였다.

더 늦게 잘 때도 많았지만 오늘은 왠지 모르게 평소보다 피곤했기 때문에 규현이 서둘러 침실을 향해 발걸음을 옮길 때였다.

누가 방문했는지 갑자기 인터폰이 울렸고 규현은 거실로 다시 발걸음을 옮겼다. 그리고 인터폰 화면을 확인했다.

1층에서 누군가 규현의 호실을 누르고 호출한 것이었다.

고개를 숙이고 있어서 얼굴을 보기 힘들었지만 어디선가 많이 본 실루엣이었다.

확실한 것은 1층 입구에서 규현의 호실을 호출한 사람은 여자였다. 이윽고 그녀가 고개를 들었고 규현은 그녀가 누군지 알아볼 수 있었다.

"지은이?"

그녀는 바로 이지은이었다.

예전에 시간이 나면 오피스텔을 침략하겠다면서 이사한 오피스텔 주소를 물은 적이 있었지만 설마 이렇게 늦은 시간에 찾아올 줄은 몰랐다.

게다가 화면으로 보이는 그녀는 규현의 호실을 어떻게 호출했는지 의문이 갈 정도로 많이 취해 보였다.

"지은아, 이 늦은 시간에 네가 여긴 웬 일이야?"

―헤헤헤. 오빠, 문 좀 열어주세요.

인터폰을 통해 지은의 목소리가 들려온다.

목소리와 표정으로 볼 때, 그녀는 상당히 기분이 좋은 것 같았다. 지은은 얼마 전 규현을 돕기 위해 GE 게임즈에 투자가 가도록 손을 썼었고 그 결과 GE 게임즈의 나이츠가 크게 성공하면서 그녀의 공로가 인정받았다.

그래서 최근 그녀는 회사 내에서 입지가 높아졌고 오늘 그것을 축하하는 회식이 있었다.

회식이 끝나고 술에 취한 그녀는 운전기사인 정재를 불러 집으로 돌아가는 대신에 그동안 너무나 찾아가고 싶었지만 바쁘기도 하고 쉽게 용기가 나지 않아서 찾아가지 못했던 규현의 오피스텔에 찾아온 것이었다.

술에 취한 그녀가 회장의 딸이라는 것을 아는 몇몇 직원들이 정재를 부르려 했지만 이미 그녀는 사라진 뒤였다.

"너, 거기서 기다리고 있어. 내가 내려갈게."

―네에.

그녀는 지금 술에 많이 취해 있었다.

자신의 집이 몇 호인지 어떻게 기억하고 호출했는지는 모르겠지만 위태로워 보이는 지은의 모습에 규현은 간단하게 겉옷을 걸치고 승강기를 타고 내려갔다. 1층 잠겨 있는 출입구 앞에 지은이 서 있었다.

1층의 출입구 비밀번호는 오피스텔에 거주하는 사람들만 알고 있었기 때문에 지은은 열고 들어올 수 없었다.

안에서는 사람이 다가서면 문이 열리도록 설계되어 있었기 때문에 규현이 문 앞에 다가서자 문이 열렸다.

"오빠아!"

문이 열리기 무섭게 지은이 규현의 몸을 향해 포탄처럼 쏘아졌다. 규현도 마침 피곤하고 힘이 없었기 때문에 지은의 몸을 간신히 받아냈다.

"보고 싶었어요!"

규현의 가슴에 얼굴을 파묻고 마구 비비며 그녀는 두 팔로 규현의 허리를 끊어버릴 기세로 꽉 끌어안았다.

"일단 조금 떨어져."

누가 보면 연인이라고 오해할 만한 모습이었기 때문에 규현은 조금 당황해서는 그녀를 떼어내기 위해 노력했다.

그의 노력에 결국 지은은 규현에게서 떨어질 수밖에 없었다. 그녀는 술기운 때문에 앙증맞게 붉어진 볼을 살짝 부풀리며 규현을 귀엽게 노려보았다.

"나가자. 택시 잡아줄게."

규현은 그녀를 택시에 태워 집으로 보내주기 위해 밖으로 나가려고 했지만 지은은 술기운을 이기지 못하고 정신을 놓고 말았다.

힘이 풀린 듯 주저앉은 그녀를 글만 쓰느라 힘도 체력도 좋지 않은 규현이 대로까지 데리고 가는 것은 무리였다. 콜택시를 불러도 되겠지만 그녀의 집을 모르기 때문에 택시에 태운다고 해도 그다음이 문제였다.

"지은아, 일어나."

규현은 주저앉은 채 고개를 푹 숙이고 있는 지은을 흔들어 보았지만 그녀의 몸은 힘없이 흔들릴 뿐 정신을 제대로 다 잡지 못했다. 분명히 의식은 있는 것 같았지만 정신이 온전치 않은 것 같았다.

"하아."

한숨을 내쉰 규현은 지은을 일단 집으로 데려가기로 결정하고 조심스럽게 그녀를 부축해서 승강기에 탑승했다.

일단 지은의 의식이 완전히 날아간 것은 아니었기 때문에 부축을 하는 데 힘들긴 했지만 움직이는 건 가능했다.

오피스텔의 문을 열고 안으로 들어간 규현은 그녀를 침대에 조심스럽게 눕혔다. 침대에 눕히는 과정에서 지은의 주머니에서 스마트폰이 떨어졌다.

규현은 그것을 침대 옆 협탁에 올려놓으려는 순간 한 통의 전화가 걸려왔다.

규현은 누가 전화를 걸었는지 확인할 생각도 하지 못하고 가족이 전화를 걸었나 싶어서 서둘러 귓가로 지은의 스마트폰을 가져가 전화를 받았다.

"여보세요?"

―아가… 아니, 이지은 씨 스마트폰 아닙니까? 누구시죠?

평소처럼 아가씨라고 말할 뻔했던 정재는 낯선 목소리에 그 말을 삼키고 전화를 받은 사람이 누구인지 물었다. 정재의 목소리엔 경계심이 가득했다.

지은이 술에 잔뜩 취해서 사라졌다는 것을 그녀의 동료들로부터 들었기 때문에 정재는 상당히 신경이 날카로운 상태였다.

규현은 전화를 건 사람이 누군지 알아내기 위해 스마트폰 화면을 확인했다.

그 결과 전화를 건 사람이 강정재라는 것을 알아낼 수 있었다.

"정규현이라고 합니다. 지은이랑 아는 사인데, 갑자기 찾아와서는 정신을 놓아버렸네요."

―아, 네.

처음 규현이 전화를 받을 때만 해도 웬 남자가 지은의 스마트폰으로 전화를 받아서 극도로 경계하고 불안해했지만 그 남자가 규현이라는 것을 알게 된 후, 정재는 그나마 안도할 수 있었다. 규현이 평소 지은이 말한 것과 다르지 않다면 말이다.

―실례지만 그곳의 위치가 어떻게 됩니까? 제가 지은이를 데리러 가겠습니다.

"실례지만 지은이와 무슨 사이시죠?"

―회사 동료입니다.

규현의 날카로운 질문에도 정재는 당황하지 않고 대답했다. 하지만 그의 대답 때문에 규현은 그를 경계하게 되었다.

"오늘은 제가 지은이를 돌볼 테니, 걱정하지 않으셔도 좋습니다."

가족도 아니고 회사 동료에 불과한 남자가 술에 잔뜩 취한 여자가 있는 위치를 묻는다? 아무래도 수상하다고 생각한 규현은 자신이 지은을 돌보는 게 훨씬 낫다고 판단했다.

―네?

규현의 대답에 정재는 당황했다. 지은을 안전하게 저택으로 데려가지 못한다면 곤란해지는 쪽은 정재였다.

아마 그렇게 된다면 한동안 좋지 않은 소리를 들어야 할지도 모른다. 어쩌면 최악의 경우 해고를 당할 수도 있을 정도로 중요한 문제였다.

"제가 지은이를 돌본다는 말이에요. 회사 동료라고 하셨는데, 굳이 찾아오실 필요 없어요."

―아……

규현의 말에 정재는 자신의 실수를 깨달았다.

지은과 성이 다르니 가족이라고는 우길 수 없겠지만 적어도 가까운 친척이라고 말을 해서 규현의 경계심을 완화시켰어야만 했다.

―알겠습니다. 지은이 잘 부탁드립니다.

잘못하면 더한 의심을 살 수도 있기 때문에 정재는 그저 규현을 믿을 수밖에 없었다.

전화 통화가 끝나고 규현은 그녀의 스마트폰을 협탁 위에 올려두었다. 그리고 이불로 그녀의 몸을 덮어준 뒤, 그는 조용히 거실로 나와 간편한 옷으로 갈아입고 소파에 누워 잠을 청했다.

푹신하긴 했지만 소파는 침대가 아니었다. 그래서 잠자리가 불편한 탓에 규현은 늦게 잠들었음에도 불구하고 새벽 6시가 안 되는 이른 시간에 일어났다.

일찍 일어난 건 지은도 마찬가지였지만 그녀는 잠자리가 불편해서가 아니라 속이 좋지 않아서였다.

침대에서 몸을 일으킨 그녀는 속이 상당히 불편했는지 눈살을 찌푸리며 주변을 살폈다.

이윽고 정신을 차리자 이곳이 낯선 곳이라는 것을 깨달은 그녀는 자신의 몸 상태를 살폈다. 밤새 아무런 사고도 발생하지 않았다는 것을 확인한 지은은 그제야 안도하며 조심스럽게 침실을 나왔다. 거실 옆 주방에선 규현이 꿀물을 만들고 있었다.

규현의 모습을 본 지은의 얼굴에 당황보다는 기쁨의 감정이 먼저 드러났다.

아침에 가장 먼저 눈에 들어온 사람이 규현이라는 것에서 기쁨을 느낀 것이다. 하지만 기쁨도 잠시, 그녀는 지금 이곳이 자신의 집이 아니라는 사실을 깨닫고 조금은 심각해졌다.

그녀는 열심히 꿀물을 만들고 있는 규현을 보며 입을 열었다.

"오빠? 제가 왜 여기 있는 거예요?"

지은은 가장 급한 질문을 먼저 했다.

주변을 보니 모텔이 아닌 것은 확실했고 규현이 있는 것으로 보아 그가 얼마 전에 이사했다는 오피스텔일 확률이 높다고 판단했다. 그래서 지은은 이곳이 어디인가를 묻는 것보다 자신이 왜 여기 있는지를 먼저 물었다.

꿀물을 완성하는 것과 동시에 지은의 목소리를 들은 규현은 꿀물이 담긴 컵을 식탁 위에 올려놓으며 고개를 들어 지은을 보았다.

"기억 안 나?"

규현의 말에 지은은 고개를 끄덕였다. 술에 취해 필름이 끊겼기 때문에 아무것도 기억나는 게 없었다. 규현의 집까지 어떻게 왔는지도 기억나지 않았다.

"혹시 제가 실수하진 않았죠?"

어젯밤의 기억은 캄캄한 어둠 속 같았다. 아무것도 기억나는 게 없었기 때문에 더 불안했다. 그녀는 조심스럽게 규현의 눈치를 살피며 혹시나 실수한 게 없는지 확인했다. 불안해하는 그녀의 반응이 재밌어서 규현은 대답 대신 말없이 그녀를 보며 씨익 웃었다.

"아아! 뭐예요!"

그 모습에 지은이 격렬한 반응을 보였다. 그 모습에 규현은 속으로 웃으며 식탁 위에 놓인 꿀물을 지은의 앞으로 밀었다.

"기절하듯 쓰러지긴 했지만 아무 일도 없었으니까 걱정하지 말고 이거 마셔."

"잘 마실게요."

지은은 규현의 말을 곧이곧대로 믿고 컵을 입가로 가져가 꿀물을 마셨다. 속이 조금 편해지는지 표정이 조금 좋아졌다.

"집까지 데려다주지 않아도 되겠어?"

규현은 잠을 깨기 위해 냉장고에서 찬물을 꺼내 마시며 물었다. 지은은 고개를 끄덕이며 입을 열었다.

"네! 조금만 더 신세 지다가 첫차 시간에 맞춰서 나가볼게요."

정재를 부르면 될 일이지만 완벽하게 그녀의 신분을 속이기 위해선 조금의 거짓말도 필요했다.

"그럼 그렇게 해."

규현은 고개를 끄덕이며 거실로 노트북을 가져와 탁자 위에 올렸다. 그리고 앉아서 노트북 키보드를 열심히 두드리기 시작했다. 가람 작가들의 스토리 원고를 교정하고 있는 중이었다.

규현이 열심히 스토리 교정을 하고 있을 때 지은은 소파에 앉아 그런 그의 뒷모습을 주시했다. 이른 아침에 일어나 일하는 규현을 보며 지은은 여러 생각을 했다.

'마치 이러고 있으니까 오빠랑 결혼한 것 같잖아!'

남녀가 아침 일찍, 같은 공간에서 시간을 보내는 경우는 부부를 제외하면 거의 없다.

생각이 거기까지 닿자 지은의 얼굴이 사과처럼 붉어졌다. 그녀는 행복한 상상을 하며 노트북 키보드를 두드리는 규현의 뒷모습을 보았고, 시간은 어느새 첫차 시간을 한참 지나고 있었다.

"이제 지하철 다니겠다."

"아, 오빠. 고마웠고, 죄송했어요!"

지은은 회사에 출근해야 했기 때문에 서둘러 규현의 오피스텔을 나왔다. 지은이 나가고 9시 정도가 되자 규현도 사무실로 출근하기 위해 서둘렀다.

준비를 끝내고 현관에서 신발을 신을 때 전화가 왔고 규현은 스마트폰을 귓가로 가져갔다.

―작가님, 저 조규태입니다.

"이른 시간부터 어쩐 일이시죠?"

출근 시간은 넘겼지만 그래도 이른 시간이었다.

―일본에서 난리가 났습니다.

"일본이 난리가 났다니요? 무슨 말씀이시죠?"

파란책의 기획팀장인 규태가 전화를 해서, 일본에 난리가 났다고 말했다. 아마도 일본에 출간된 기사 이야기 단행본과 관련되어 있을 것이다. 그 정도는 알 수 있었지만 자세한 사정은 알 수 없었기 때문에 규현은 자세한 설명을 요구했다.

―지금 이게, 전화로 설명하기는 힘들 것 같습니다. 제가 작가님 오피스텔 근처로 가겠습니다.

"알겠습니다. 늘 보던 카페에서 만나죠."

―지금 바로 가겠습니다.

전화 통화가 끝나고 규현은 즉시 현관문을 열고 밖으로 나갔다. 이미 외출 준비를 끝낸 상태였기 때문에 바로 튀어나갈 수 있었다.

규태와 만나기로 한 곳은 오피스텔 근처의 카페였기 때문에 차를 타고 이동할 필요가 없었다. 그래서 주차장에 들르지 않았다.

사실상 사무실의 전반적인 관리를 맡고 있는 칠흑팔검에게 전화를 걸어서 조금 늦을 것 같다고 전한 뒤, 카페 안으로 들어갔다. 아직 규태의 모습은 보이지 않았다.

규현은 자신이 마실 아이스티와 규태 몫의 커피를 주문했다.

주문한 게 나오고 규현을 그것을 테이블로 가져갔다. 얼마 지나지 않아서 카페 문이 열리고 규태가 다급하게 반쯤 뛰다시피 들어왔다.

그는 카페 안을 살피더니 이내 규현을 발견하고 다가와 규현의 앞에 앉았다.

규현은 조금 심각해 보이는 표정의 규태에게 미리 주문한 커피를 밀어주었다. 덕분에 규태의 표정이 아주 조금 밝아졌다.

"아, 커피 감사합니다."

규태는 커피를 한 모금 마셨다.

그리고 가방에서 노트북을 꺼내 전원을 켰다. 그리고 뭔가를 바쁘게 검색하기 시작했다.

"무슨 일인지 설명해 주세요."

"지금 보여 드리겠지만 일본에서 난리가 났습니다."

"그건 전화 통화에서도 들었던 말이에요. 자세한 설명을 해 달라는 말이죠."

자세한 설명을 하지 않는 규태를 보며 규현은 답답하다는 듯 말했다.

규태는 잠시만 기다려 달라고 말하며 노트북 검색을 끝마쳤다. 그리고 규현을 볼 수 있게 노트북을 돌려 보여주었다.

화면에는 일본 사이트가 떠워져 있었다.

인터넷에서 제공하는 외국 사이트 번역 기능을 사용한 것인지 어설픈 한국어로 번역되어 있었지만 번역 기능으로도 번역할 수 없는 부분엔 일본어가 적혀 있어서 일본 사이트라는 것을 쉽게 알 수 있었다.

"한번 읽어보세요."

규태는 규현에게 번역된 댓글들을 읽어볼 것을 권했고 규현은 아이스티를 한 모금 마신 후 화면의 댓글들을 읽기 시작했다.

인터넷에서 기본적으로 제공하는 사이트 번역기를 사용해서 그런지 문장이 조금 어색했지만 읽는 데 무리는 없었다.

"어이가 없네요."

당장 화면에 보이는 댓글 9개 정도를 읽은 규현은 어이가 없다는 표정으로 의자 등받이에 몸을 기댔다. 그는 팔짱을 끼고 노트북 화면을 노려보았다.

댓글을 단 일본 네티즌들은 하나같이 규현이 한국인이라는 이유로 비난하고 있었다. 새로 고침을 해보니 좋지 않은 내용이 담긴 댓글이 빠른 속도로 새로 달리고 있는 것을 확인할 수 있었다.

"다른 사이트도 다 이런 반응입니까?"

규현의 질문에 규태는 고개를 끄덕였다.

"이게 넷우익? 그런 건가 보네요."

넷우익, 소문으로만 들어보았지 이렇게 직접 공격을 당하는 것은 처음이었다.

규현의 혼잣말에 규태가 입을 열었다.

"아무래도 한국인 작가가 쓴 기사 이야기 단행본이 갑작스럽게 인기를 얻은 것이 마음에 들지 않았던 모양입니다. 어느 정도 거부 반응은 저희도 예상했지만 이 정도로 큰 거부 반응이 일어날 줄은 예상하지 못했어요."

"그렇습니까?"

"네."

규태는 고개를 끄덕이며 대답했다.

교토 북스는 물론이고 파란책 또한 규현이 한국인이다 보니 유명세를 타면 분명 넷우익이 어느 정도 반발을 하고 악플을 달 것이라는 것을 예상하고 있었다.

하지만 이건 예상보다 심한 수준이었다.

거기다 마치 지시를 받고 움직이는 듯한 조직적인 모습까지 보여주고 있었다.

"교토 북스에선 이번 일과 관련된 내용의 메일을 받지 못하셨나요?"

규태의 질문에 규현은 대답 대신 고개를 끄덕였다.

교토 북스에서도 이 상황을 파악하고 있었지만 규현에게 알려서 좋을 것 없다고 생각해서 굳이 알리지 않았다.

"지금 이 상황, 치명적인가요?"

규현이 질문했다. 그는 일본 시장에 대해 잘 몰랐기 때문에 넷우익의 영향력에 대해 잘 몰랐다.

"다른 사람들의 생각은 잘 모르겠지만 저는 치명적이라고 생각합니다."

규태의 개인적인 의견이었다. 그는 자못 심각했지만 규현은 비교적 여유로운 표정이었다.

그는 현 상황을 그렇게 심각하기 생각하지 않았다. 넷우익이 난리를 친다고 해도 소설이 재밌으면 그것을 사는 사람들은 분명 있다.

그들의 행동은 기사 이야기 단행본의 판매량에 큰 영향은 주지 못할 것이다.

"일단 지켜보는 게 좋을 것 같네요."

규현의 말에 규태는 걱정스러운 표정으로 고개를 끄덕였다.


\*　　　　　\*　　　　　\*

[넷우익이 난리를 치고 있긴 하지만 큰 영향은 없을 것으로 예상됩니다. 일본은 한국과는 달리 인터넷의 파급력이 그렇게 대단한 편도 아니고, 무엇보다 작가님 생각대로 소설이 재밌기만 한다면 그 어떤 소문이 돌아도 팔리게 마련입니다. 그리고 저희 교토 북스에서 보았을 때 기사 이야기 단행본은 정말 재밌었습니다. 지금은 잠깐 잡음이 일었지만 곧 안정될 것이라고 생각합니다.]

교토 북스의 야마모토 켄이치가 보낸 메일이었다.

규태와 만난 직후, 규현은 교토 북스에 상황을 묻는 메일을 보냈었다.

규현의 메일을 최우선적으로 답장하는 야마모토 켄이치는 거의 1시간도 지나지 않아서 답장을 보냈다.

통역이 일본어를 한국어로 옮겨 적는 시간을 고려하면 메일을 받자마자 답장을 보낸 듯했다.

일본 진출에서 성공적인 결과를 이끌어내야 다른 곳에 진출하기 위한 교두보가 마련된다.

그래서 규현은 물론이고 파란책 또한 과민 반응 할 수밖에 없었다. 하지만 넷우익과 마찰을 처음 겪는 그들과 다르게, 많은 작품을 출간하면서 넷우익과 몇 번 마찰을 겪어본 교토 북스는 그들의 집단 악플을 크게 위협적이라고 생각하지 않았다. 그래서 메일을 통해 규현에게 잘 설명해 주었다.

\*          \*          \*

[작가님, 1만부 증쇄 계획이 잡혔습니다.]

며칠 뒤, 교토 북스에서 기사 이야기 단행본 1권을 한 번 더 증쇄하겠다는 내용의 메일을 보내왔다.

'진짜 신경 쓸 필요 없었잖아?'

어제 한 번 더 규태를 만났었는데, 그때도 넷우익이 계속 난리를 치고 있었다. 그런데 벌써 2번 째 증쇄 계획이 잡힌 것으로 보아 넷우익의 반응은 판매량에 큰 영향을 주지 못하는 것 같았다.

일본 인터넷의 넷우익들이 많다고는 하지만 전체 독자 수에 비하면 새발의 피였고 그들은 오래전부터 사람들의 신뢰를 잃었기 때문에 아무도 그들의 말에 귀를 기울이지 않았다. 오히려 그들이 기사 이야기 단행본을 언급하는 것으로 인지도가 올라가는 결과를 가져왔다.

교토 북스에서는 졸지에 공짜 광고를 하게 된 것이었다.

교토 북스에서는 거기서 만족하지 않고 발 빠르게 움직였다.

넷우익을 철저하게 이용해서 기사 이야기의 이름을 판타지 소설에 관심이 없는 사람들에게까지 알리게 만들었다.

우연히 기사 이야기의 이름을 접하고 단행본을 구입한 사람들은 기사 이야기를 읽고 신선한 충격을 받았다.

일본에서는 보지 못했던 스타일의 소설, 하지만 너무나 깔끔하고 거침없이 읽혔다.

많은 사람들의 기사 이야기의 팬이 되었고 증쇄는 멈추지 않았다.

5월 말에는 유명한 일본 라이트 노벨 순위 집계 사이트인 이달의 라이트노벨에서 월간 베스트 1위에 등극하기까지 했다.

기사 이야기는 일본에 출간되면서 일러스트를 넣는 등의 작업을 거쳐 라이트 노벨로 장르가 등록되었기 때문에 이달의 라이트노벨 월간 베스트에 이름을 올릴 수 있었다.

5월 말 교토 북스는 규현에게 한 통의 메일을 보냈다.


[작가님, 야마모토 켄이치입니다. 갑작스럽지만 조만간 한국에 가게 될 것 같습니다. '경소설'에서 작가님을 인터뷰하고 싶다고 하는데, 작가님은 일본에 오시기엔 너무 바쁘시니 저희가 직접 찾아가려고 합니다. 혹시 언제쯤 시간이 되시는지 알 수 있을까요? 경소설의 기자분께선 언제든지 시간이 된다고 하시네요.]

경소설은 일본에서 유명한 라이트노벨 관련 월간지로 이 분야에 관심이 많이 없는 규현도 알고 있을 정도로 유명한 곳이었다.

　경소설 7월호에 기사 이야기를 기재하기 위해서 인터뷰를 요청했는데 경소설 7월호에 실리게 되면 많은 이점이 있었기 때문에 규현은 내일도 상관없다고 답장을 보냈다.

　[그럼 내일 저번에 만났던 곳에서 오후 3시에 어떻겠습니까?]

　규현이 답장을 보내고 1시간도 지나지 않아서 답장이 왔다. 규현은 흔쾌히 괜찮다고 다시 답장을 보냈다.

　그리고 다음 날 규현은 그때 켄이치를 만났던 서울의 한 카페로 향했다.

　약속 시간보다 20분 정도 일찍 도착했음에도 불구하고 켄이치가 먼저 와 있었다.

　규현이 다가오자 켄이치와 통역사, 그리고 기자로 추정되는 사람이 의자에서 일어나 차례로 규현과 악수를 나누었다.

　"오늘은 늦지 않았지요?"

　규현과 악수를 하면서 켄이치는 장난기 섞인 목소리로 말했다. 규현은 대답 대신 입가에 미소를 머금었다. 통역과 악수를 하고 마지막으로 기자로 보이는 남자와 악수를 했다.

"나가이 타케시라고 합니다."

선해 보이는 인상의 타케시가 규현을 보며 자신에 대해 소개했다.

"저도 반갑습니다."

통역사를 통해 서로를 소개하는 시간이 끝났고 모두 의자에 앉았다.

규현의 아이스티는 이미 준비되어 있었다. 규현이 아이스티를 집어 드는 것을 본 켄이치는 입가에 미소를 머금으며 고개를 끄덕였다.

"한국은 두 번째이지만 정말 좋은 나라 같네요. 야마모토 씨께서 계속 일찍 가자고 재촉하는 바람에 생각보다 일찍 도착해서 근처에서 식사를 해결했는데, 여러 가지로 너무 좋았습니다."

"하하하, 제가 언제 재촉했습니까?"

타케시의 말에 켄이치는 애써 태연하게 웃었지만 조금 당황한 것 같았다.

예전에 규현과 처음 만났던 날, 지각한 것이 마음에 걸려서 타케시를 재촉한 것 같았다.

세 사람은 통역의 힘을 빌려서 기사 이야기에 대한 간단한 이야기를 나눈 뒤 본론으로 들어갔다.

"'일단' 오늘은 작가님에 대한 인터뷰와 저희가 작성한 캐릭터 가상 인터뷰에 대한 검토를 부탁드릴 겁니다."

타케시가 설명했다.

규현이 고개를 끄덕이자 그는 인터뷰를 시작했다. 인터뷰는 생각보다 길지 않았다.

간단한 인터뷰가 끝나고 타케시는 규현에게 캐릭터 가상 인터뷰 원고를 전달했다. 원고는 규현을 배려한 것인지 한국어로 적혀 있었다.

"어떻습니까?"

"문제는 없는 것 같습니다. 이대로 진행하면 될 것 같네요."

규현은 원고를 타케시에게 돌려주며 말했다. 캐릭터 가상 인터뷰는 생각보다 완성도가 높았다. 기사 이야기 등장 캐릭터들의 매력이 200% 느껴졌다.

"그럼 이대로 진행하도록 하겠습니다."

타케시의 말에 규현은 고개를 끄덕였다.

타케시는 가방에 노트북과 서류를 집어넣으며 다시 입을 열었다.

"혹시라도 구성이 변경되어서 작가님의 도움이 필요하면 다시 교토 북스를 통해 연락드리겠습니다."

"저기, 질문드릴 게 있는데요."

"예, 말씀하시죠."

의자에서 일어나려던 타케시가 규현의 물음에 멈췄다.

"기사 이야기는 이번에 7월호에 실리게 되지요?"

"예. 그렇습니다."

규현의 질문에 타케시가 고개를 끄덕이며 대답했다.

"할당된 페이지가 얼마나 되는지 알 수 있을까요?"

할당된 페이지가 많을수록 월간지에서 얼마나 중요하게 생각하는지 알 수 있다. 타케시는 가벼운 미소를 지었다.

"페이지 할당은 다른 작품의 두 배, 그리고 표지에도 올라갑니다."

통역이 타케시의 말을 규현에게 전달하기 전에 켄이치가 먼저 놀랐다. 켄이치도 경소설 7월호에 기사 이야기가 실리는 것은 알고 있었지만 7월호 표지가 기사 이야기로 결정되었다는 것은 오늘 처음 들었다. 뒤늦게 통역에게서 타케시의 말을 전달받은 규현도 놀란 눈치였다.

"다들 놀라셨나 보네요."

타케시의 말에 두 사람은 고개를 끄덕였다. 경소설의 표지로 결정된다는 것은 대단한 일이었다.

"저희도 어제 결정된 사항입니다."

"그렇군요. 슬슬 저녁 시간인데 식사라도 하시고 가시겠어요? 제가 주변에 괜찮은 식당을 하나 압니다."

"그거 좋지요. 사주시는 겁니까?"

켄이치가 장난스럽게 물었다. 규현은 흔쾌히 고개를 끄덕이며 입을 열었다.

"물론입니다."

32장

고맙습니다

5월이 되면서 기사 이야기 단행본 2권이 일본에 출간되었
다.

일러스트 작가가 3명이나 붙어 있어서 그런지, 출간되는 속
도가 엄청났다.

그러고 보니 얼마 전 인터뷰 문제로 교토 북스의 기획팀장
켄이치가 찾아왔었다.

용건이 끝나고 함께 저녁을 먹을 때 들은 바에 따르면 번역
가도 적지 않은 수를 고용했다고 한다.

번역은 번역하는 단어나 글자 수만큼 돈을 받기 때문에 많은 수의 번역가를 고용했다고 해서 비용이 많이 지불되는 것은 아니었다.

2권 역시 1권의 인기를 이어받아 3일 만에 증쇄했다.

1권이 많이 팔려서 2권의 초판 부수가 조금 늘어나는 바람에 저번처럼 하루 만에 품절되지는 않았지만 일본에서 기사 이야기의 인기가 여전하다는 것은 분명했다.

일본에서의 기사 이야기의 향해도 순조로웠고 게임 버전인 나이츠 또한 시즌 2 업데이트와 동시에 다시 한번 집중 조명되었다.

시즌 2 업데이트는 현재 나이츠를 서비스하고 있는 한국과 일본, 그리고 미국과 중국에서 동시에 진행되었다.

최대 레벨이 100에서 110으로 확장되었고 새로운 장비 아이템들이 대거 추가되었을 뿐만 아니라, 치명적이진 않지만 게임을 플레이하는 데 있어서 유저들이 신경을 쓰게 만든 사소한 버그들이 완전히 고쳐졌다.

시즌 2의 업데이트 이후, 나이츠의 인기는 소폭 상승하여 각국에서 더욱 유명세를 떨치게 되었다.

나이츠로 막대한 매출을 올린 GE 게임즈는 더 큰 이익을 좇기 위해 나이츠의 PC 게임 제작을 확정했다.

출시 당시, 나이츠의 엄청난 인기에 PC게임 제작에 대해 몇 번 회의하기는 했지만 말 그대로 회의만 한 것이었고 결정된 사항은 없었다. 하지만 그때와는 달리 지금은 '확정'된 것이었다.

제작이 결정되자 PC사업부는 아주 바쁘게 돌아가기 시작했다.

"힘들다."

오후 7시쯤, 가람 사무실에는 규현과 칠흑팔검만 남아서 열심히 노트북 키보드를 두드리고 있었다.

칠흑팔검은 변함없는 꾸준한 속도로 쉬지 않고 노트북 키보드를 두드리고 있었지만, 규현은 어느 순간 한계에 부딪쳐 손을 놓고 책상 위로 쓰러졌다.

"대표님, 힘드시면 조금 쉬는 게 좋을 것 같습니다. 저도 해봤지만 예전에 쓴 원고를 수정.하는 것만큼 힘든 것은 없다고 하죠."

"그런 것 같습니다."

규현은 칠흑팔검의 말에 동의했다.

새로 쓰는 것보다 기존의 원고를 수정하는 게 더 힘들었다. 특히 기존의 내용을 지울 때나 새로운 내용을 추가할 때마다 독자들의 반응이 어떨지에 대한 부담감으로 인해 어깨가 무거웠다.

잘못하면 안 하는 것보다 못한 결과가 기다릴 수도 있기 때문이었다.

그나마 규현은 예상 구매 수를 볼 수 있는 능력이 있기 때문에 그 부담감을 다소 덜어낼 수 있었다.

"저 먼저 퇴근해야겠습니다. 작가님도 너무 무리하지 마세요."

규현이 퇴근 준비를 서두르며 말했다. 칠흑팔검은 노트북을 가방에 집어넣는 규현을 보며 입가에 미소를 머금었다.

"저는 익숙해서 괜찮습니다."

"그래도 너무 무리하진 마세요."

퇴근 준비를 끝낸 규현은 칠흑팔검을 남겨두고 사무실을 나섰다.

평소 사무실에 마지막까지 남아 있는 사람은 규현과 칠흑팔검이었고 현지나 먹는 남자, 상현이 아주 가끔씩 늦게까지 글을 쓰다 갔다.

하지만 마지막까지 남아서 결국 문을 잠그는 사람은 대개 칠흑팔검이었다.

애초에 가족이 많아 집에서는 집중할 수 없어서 사무실에서 글을 다 쓰고 들어가는 칠흑팔검과 혼자 생활하기 때문에 퇴근해도 방해받지 않고 집에서 글을 쓸 수 있는 규현을 비교하는 데엔 무리가 있었다.

계단을 이용해 1층으로 내려간 규현은 벨소리이 울리자 스마트폰을 확인했다.

전화를 건 사람은 GE 게임즈의 경욱이었다. 보통 회사원들은 퇴근 후에 업무와 관련된 전화를 받는 것을 싫어하고 업무 관련 전화를 거는 것도 피하는 편이다.

하지만 규현은 경욱이나 승필, 그리고 규태에게 언제든지 전화를 해도 상관없다고 한 적이 있었다.

그래서 세 사람은 아주 늦은 시간만 아니면 규현에게 전화를 걸곤 했다.

"여보세요?"

규현이 스마트폰을 귓가로 가져가 전화를 받았다.

―작가님, 오경욱입니다. 혹시 지금 통화 가능하십니까?

경욱은 조심스럽게 규현에게 통화가 가능한지 물었다.

늦은 시간은 아니었지만 보통의 회사원이라면 퇴근했을 시간이었기 때문에 그의 휴식을 최대한 방해하지 않기 위해서였다.

물론 전화를 건 순간부터 이미 휴식 중이었다면 방해를 받았다고 할 수는 있겠지만.

"네, 통화 가능해요. 말씀하세요."

―본론만 간단히 말하겠습니다. 작가님, K게임넷 아시죠?

"네. 들어본 적 있어요."

가끔 채널을 돌리다가 본 적도 있었고 게임을 좋아하는 현석이 가끔 이야기해 줘서 대략 알고 있었다. 아마 기억하고 있는 게 틀리지 않다면 K게임넷은 국내에서 가장 규모가 큰 게임 채널일 것이다.

―게임 통신이라고 아시나요? K게임넷 대표 프로그램인데…….

"아뇨. 사실 제가 게임 방송에는 크게 관심이 없어서요."

K게임넷에 대해서는 알고 있었지만 K게임넷의 방송 프로그램인 게임 통신에 대해서는 들어본 적이 없었다.

인터넷을 하다가 얼핏 본 것 같기도 했지만 확실하지 않았다.

―아, 그렇군요. 사실은 이번에 나이츠가 시즌 2 업데이트를 해서 홍보도 할 겸 게임 통신에 방송을 신청했습니다. 그런데 게임 통신 쪽에서 원작자인 정규현 작가님을 스페셜 게스트로 꼭 모시고 싶다고 부탁해서 말입니다.

"저를 스페셜 게스트로요?"

―예, 그렇습니다.

게임 통신에서는 규현을 출연시키는 것으로 시청률을 높일 생각인 듯했다.

규현은 현재 국내에서 가장 주목받는 작가였다. 그래서 그를 출연시킨다면 그의 많은 독자가 게임 통신을 시청할 것이다.

"제가 방송에 나가면 나이츠의 홍보에 도움이 되는 겁니까?"

─물론입니다. 작가님이 방송에 출연해 주신다면 홍보에 큰 도움이 됩니다.

경욱의 말에 규현은 차 문을 열고 운전석에 탑승하며 잠시 생각에 잠겼다. 하지만 그것도 잠시였다. 고민은 길지 않았다.

"출연하겠습니다."

그는 결정을 내렸다. 비록 게임 채널이지만 일단 방송이니까 출연하면 나이츠뿐만 아니라, 양반탈과 기사 이야기의 홍보에도 큰 도움이 될 것 같았다.

─작가님, 감사합니다!

"다만 조건이 있습니다."

─조건이요? 말씀만 해주세요. 최대한 반영할 수 있도록 노력하겠습니다.

경욱이 말했다. 규현이 방송에 출연한다면 생기는 파급 효과를 그도 잘 알고 있었기 때문에 규현의 요청이라면 최대한 반영되도록 노력할 생각이었다.

GE 게임즈는 물론이고 K게임넷 방송국에서도 규현의 요청을 웬만하면 받아들일 것이다.

"방송에서 자연스럽게 양반탈이나 기사 이야기가 언급되었으면 좋겠습니다."

─일단 방송국에 전달해 봐야 알겠지만 제 생각에 이 정도

는 충분히 가능할 것 같네요.

경욱은 긍정적인 반응이었다.

K게임넷 방송국 측에서도 규현을 출연시키기 위해서라면 웬만한 요청은 대부분 수용할 준비가 되어 있다고 경욱에게 말한 적도 있었기 때문에 어려운 일은 아니라고 생각되었다.

"방송 일정은 어떻게 됩니까?"

─작가님이 출연 의사를 밝히셨으니 아마 내일쯤 방송국 관계자가 작가님에게 문자메시지나 전화를 통해서 간단하게 안내할 겁니다. 일단 녹화는 다음 주입니다.

"그럼 기다리고 있겠습니다."

─네, 작가님. 오늘도 감사했습니다.


다음 날 아침, 사무실에 출근한 규현이 칠흑팔검과 커피를 한잔하며 최근 장르 문학 시장에 대해 이야기를 나누고 있을 때, 그의 폰에 모르는 번호로 문자메시지가 한 통 도착했다.

경욱의 말대로 문자메시지를 보낸 사람은 게임 통신의 방송작가였고 내용은 녹화 일정과 방송국 위치에 대한 안내였다.

며칠 뒤 방송 녹화를 하기로 한 날이 찾아왔다.

K게임넷 방송국에 도착한 규현은 1층 로비 한쪽에 마련된

휴게 공간에서 문자메시지를 보냈던 방송 작가에게 전화를 걸었다.

규현의 전화를 기다리고 있었던지 전화를 걸기 무섭게 그녀는 전화를 받았다.

—작가님, 방송국에 도착하셨어요?

"네, 지금 휴게실에서 잠깐 쉬고 있습니다."

—지금 바로 우리 쪽 조연출을 보낼게요. 같이 들어오시면 됩니다.

"알겠습니다."

규현은 조용히 노트북을 꺼냈다.

조연출이 언제 올지 모르는 일이었기 때문에 기사 이야기 개정판 원고 작업이나 하려는 것이었지만 생각보다 조연출은 빨리 규현을 찾았다.

"정규현 작가님이시죠?"

고개를 들어 목소리가 들리는 방향으로 시선을 옮기니 만성 피로에 시달리는 듯 상당히 피곤해 보이는 젊은 남성을 볼수 있었다.

그는 목에 출입증으로 보이는 것을 걸고 있었다.

"예, 제가 정규현입니다."

"게임 통신 조연출 배종서입니다. 일단은 안내 데스크로 가시죠. 출입하려면 안내 데스크에 들러서 출입증을 발급받아야 합니다."

방송국에 출입하기 위해선 안내 데스크에 신분증을 맡기고 출입증을 발급받아야만 했다.

이미 게임 통신 쪽에서 안내 데스크에 규현이 올 것이라고 말해두었기 때문에 가서 신분증을 주면 알아서 출입증을 발급해 줄 것이다.

규현은 노트북 전원을 끄고 가방에 다시 집어넣었다. 그리고 종서와 함께 로비 중앙의 안내 데스크로 향했다.

종서가 안내원에게 규현이 왔다는 것을 말하자 안내원은 고개를 끄덕인 뒤 출입증을 꺼냈다.

"신분증을 맡겨주시겠어요?"

"아, 신분증 맡겨야 해요?"

규현의 질문에 안내원과 종서는 조금 곤란한 얼굴로 규현의 눈치를 살폈다.

"잠시만 기다려 주시겠어요?"

종서는 어디론가 전화를 걸었다.

3분 정도의 시간이 지나고 그는 전화를 끊고 규현을 보며 입을 열었다.

"작가님, 저희 쪽에서 착오가 있었던 것 같습니다. 신분증 안 맡겨도 됩니다."

그렇게 말하며 종서는 안내원에게 신호를 보냈다. 안내원은 미소와 함께 출입증을 규현에게 주었다.

출입증에는 출연자라고 적혀 있었다. K게임넷의 내부 규정은 방송국 직원이 아닌 경우엔 출연자라고 해도 신분증을 맡겨야 출입증 발급이 가능하지만 규현의 편의를 봐준 것이었다.

"이쪽으로 오시죠."

종서는 검색대로 규현을 안내했다.

지하철 개찰구와 흡사한 모습의 개찰구를 지나가자 이제 진짜 방송국 안이라고 할 수 있는 곳으로 들어올 수 있었다.

로비까지는 방송국 내부가 아니었다. 사실상 방송국 외부였다.

"이곳이 대기실입니다."

"개인 대기실이네요?"

종서가 안내해 준 대기실에는 '정규현 작가 대기실'이라고 적혀 있었다. 다른 이름은 찾아볼 수 없었다.

개인 대기실인 것 같았다. 그래서 조금 놀랄 수밖에 없었다.

방송에 대해서는 잘 몰랐지만 보통 방송국에서 개인 대기실을 주는 경우는 유명 출연자를 제외하면 많이 없는 것으로 들었이 때문이었다.

"네, 대기실이 조금 많이 남아서요. 하하하."

종서의 말이 사실인지, 아니면 규현의 편의를 봐주기 위해 개인 대기실을 배정해 준 것인지 알 수는 없었다.

대기실로 들어간 규현은 노트북을 꺼내 전원을 켰다. 녹화까진 아직 시간이 남아 있었다. 녹화 전에 간단한 메이크업을 받아야 했지만 종서는 그 전까지 30분 정도의 여유가 있다고 했다.

30분 동안 스마트폰 게임을 하거나 멍하니 앉아 시간을 낭비할 수는 없었다.

규현은 기사 이야기 개정판 원고 작업에 30분을 할애할 생각이었다.

"작가님, 메이크업하셔야죠."

가벼운 노크와 함께 문이 열리고 메이크업 스타일리스트가 들어오며 메이크업을 해야 할 시간이 된 것을 알렸다.

'벌써 30분이 지난 건가?'

규현은 그렇게 생각하며 노트북을 가방에 집어넣었다. 기사 이야기 개정판 원고 작업에 집중하느라 시간이 가는 줄 모르고 있었다.

"분장대 앞에 앉아주시겠어요?"

규현이 분장대 앞에 앉자 스타일리스트가 다가와 메이크업을 시작했다. 기본적인 기초 메이크업만 받기로 했었기 때문에 오래 걸리지 않았다.

"수고하셨습니다."

"작가님도 수고하셨어요."

스타일리스트가 대기실을 나가고 규현은 스마트폰으로 시간을 확인해 보았다. 녹화 시작까지 얼마 남지 않았다.

아니나 다를까, 노크와 함께 대기실 문을 열고 누군가 들어왔다. 문을 열고 들어온 사람은 조연출인 배종서였다.

"작가님, 준비 끝나셨죠?"

"네, 조금 전에 메이크업이 끝났습니다."

종서의 물음에 규현은 고개를 끄덕이며 대답했다. 종서는 대기실 문을 완전히 열어젖혔다.

"스튜디오로 가시죠. 조금 있으면 녹화 시작합니다."

규현은 앞서가는 종서의 뒤를 따라 스튜디오로 이동했다. 내심 가는 길에 연예인을 만나기를 기대했지만 게임 방송국이라서 그런지 연예인의 모습을 찾아보긴 힘들었다.

애초에 규현이 알 정도로 유명한 연예인들은 게임 방송국에 출연할 일이 별로 없었기 때문에 볼 수 없는 게 당연했다.

"정규현 작가님이시죠?"

스튜디오에 들어서자 녹화 준비를 서두르고 있던 바디펌을 한 긴 머리의 여성이 규현에게 다가와 미소를 보이며 인사했다.

그녀는 게임 통신 출연자로 보였는데, 유감스럽게도 K게임 넷의 게임 통신을 시청한 적 없는 규현은 그녀가 누군지 알 길이 없었다.

"강윤주 씨예요. 저희 게임 통신 소속 MC입니다. K게임넷 의 마스코트를 맡고 계세요."

규현이 윤주에 대해 모르는 것 같은 모습을 보이자 종서는 규현의 옆으로 다가가 그에게만 들릴 정도의 작은 목소리로 윤주에 대한 정보를 간단하게 말해주었다.

"아, 반갑습니다, 윤주 씨. 오늘 잘 부탁드리겠습니다."

"제가 더 잘 부탁드립니다. 저, 기사 이야기 정말 재밌게 읽고 있어요. 참, 팬이라서 그런데 사인해 줄 수 있으세요?"

"물론이죠. 어디에 사인해 드릴까요?"

그 말에 규현은 정장 재킷 안주머니에서 만년필을 꺼냈다.

"잠시만요, 매니저 오빠!"

윤주는 규현에게 잠깐만 기다려 달라고 양해를 구한 뒤 매니저를 호출했다.

매니저와는 미리 이야기가 되어 있었던 건지 그는 윤주가 자신을 부르자 가방에서 뭔가를 꺼내서 들고 왔다.

거리가 가까워지면서 규현은 매니저가 들고 오는 것이 무엇인지 알 수 있었다.

그것은 기사 이야기 1권이었다.

"여기에 사인해 주세요."

매니저한테서 기사 이야기 1권을 건네받은 윤주는 그것을 규현에게 내밀었다.

규현은 책의 첫 장을 펼쳐서 만년필로 간단한 문장을 적어 넣고 사인한 뒤, 그녀에게 다시 돌려주었다.

"우와, 설마 기사 이야기 작가님을 직접 만나고 사인까지 받을 줄은 몰랐어요."

윤주는 규현한테 사인을 받은 기사 이야기 1권을 매니저에게 돌려주었다.

그러면서 규현을 보며 밝은 표정으로 말했다. 그녀가 기사 이야기의 독자라는 사실은 거짓말이 아닌 듯했다. 규현에게 사인을 받은 것에 순수하게 기뻐하고 있었다. 그런 윤주의 모습에 규현도 입가에 미소를 머금었다.

"녹화 15분 전입니다."

"저는 이만 가봐야겠네요. 녹화니까 너무 긴장하실 필요는 없어요."

윤주는 고개를 살짝 숙인 뒤 세트 안으로 들어갔다.

스태프들은 카메라와 조명 등을 점검하면서 녹화 준비를 서둘렀고 규현은 종서의 안내를 받아 세트가 정면으로 보이는 곳에 위치한 의자에 앉았다.

아직 녹화가 시작되지도 않았고, 규현이 등장하는 순서는 조금 있어야 했기 때문에 일단은 앉아서 기다려야만 했다.

스태프 한 명이 가져다준 생수병을 들고 물을 한 모금 마시는 규현.

또 다른 스태프가 녹화 시작을 알렸고 본격적인 녹화가 시작되었다.

"안녕하세요, 게임 통신의 강윤주입니다."

윤주가 시작을 열었다. 그녀는 실수 없이 예정된 순서를 모두 소화했다.

규현은 의자에 앉아서 방송 작가에게서 간단한 교육을 받았다. 이윽고 규현의 차례가 다가왔다. 종서가 규현에게 다가왔다.

"작가님, 슬슬 세트 뒤로 이동하셔야 할 것 같습니다."

세트 뒤에서 세트로 들어가는 문이 있었다.

거기서 세트로 들어가야만 카메라에 제대로 잡힐 수 있었다.

규현은 종서의 안내를 받아 세트 뒤로 이동했다.

"지금 들어가시면 됩니다."

무전을 통해 규현의 등장 타이밍을 전달받은 종서는 세트로 통하는 문을 살짝 열었다.

규현은 문을 열고 세트 안으로 들어갔다. 세트로 통하는 어두운 통로를 지나쳐 검은 장막을 열어젖히자 화려한 조명이 규현을 비추었다.

"나이츠의 원작, 기사 이야기의 작가! 수호자라는 필명으로 활동 중인 정규현 작가님이십니다!"

규현이 등장하자 윤주가 거창하게 그를 소개했다.

규현은 최대한 어색하지 않은 표정으로 게스트석에 앉았다.

윤주는 규현에게 나이츠와 기사 이야기의 차이점에 대한 질문을 시작으로 여러 가지 질문을 던졌다.

그 과정에서 자연스럽게 양반탈에 대해서도 언급이 되었다.

질문은 미리 대본으로 정해져 있었고, 규현은 방송국에 오기 전에 경욱과 논의를 거쳐 대답을 정해둔 상태였기 때문에 어렵지 않게 대답할 수 있었다.

물론 방송이 처음인 데다 카메라 앞에 서는 것도 처음이었기 때문에 실수도 하긴 했지만 생방송이 아니었기 때문에 치명적이지 않았다.

"그럼 본론으로 들어가서 시즌 2로 업데이트가 되면서 추가된 던전에 대해 간단하게 소개해 드리겠습니다."

윤주가 멘트를 끝냈고 다음 차례가 되었다.

"그럼 직접 플레이하는 시간을 가져보겠습니다. 정규현 작가님까지 합류해서 3인팟으로 '왕국 연합 전진기지'에 도전해 보도록 하겠습니다. 정규현 작가님, 준비되셨죠?"

규현이 고개를 끄덕이자 스태프가 남자 MC와 윤주, 그리고 규현의 스마트폰에 카메라를 장착했다.

파티가 구성되고 탱커 역할을 수행하는 수호 기사 직업의 캐릭터를 플레이하는 남자 MC가 던전 입장을 눌렀다. 윤주는 힐러 역할의 종군 사제였고 규현은 딜러 역할의 마법 기사였다.

'왕국 연합 전진기지'는 적절한 난이도의 던전이었지만 제작진의 계정을 사용하지 않고 본인의 계정을 사용한 규현과 윤주와는 다르게 남자 MC는 나이츠를 플레이한 적이 없어서 제작진의 계정을 빌렸다.

그가 빌린 수호기사는 파밍이 잘 되어 있었지만 그것을 사용하는 유저가 실력이 없어서 몇 번이나 전멸을 경험한 끝에 간신히 클리어할 수 있었다.


"수고하셨습니다."

마지막 순서까지 끝나자 마침내 녹화가 끝났다.

여기저기서 '수고하셨습니다'라고 외치는 목소리가 들려왔다.

규현도 거기에 동참하여 '수고하셨습니다'라고 말하며 스튜디오를 벗어났다.

종서가 뒤늦게 따라와 회식에 참석할 것을 물었고 마침 일도 많이 밀리지 않았기 때문에 규현은 흔쾌히 참석 의사를 밝혔다.

*　　　　*　　　　*

"민혜야, 너 '고맙습니다' 출연 일정 잡혔어."

민혜는 예능 녹화를 위해 매니저와 함께 방송국으로 이동하는 길에 늦은 점심을 해결하기 위해 잠시 휴게소에 들렀다.

샐러드로 허기를 달래는 민혜에게 다가온 그녀의 매니저는 스마트폰 문자메시지를 확인하고 들뜬 듯한 목소리로 말했다.

'고맙습니다'는 아주 유명한 배우나 가수 등이 출연해서 고마운 사람을 소개해 주는 예능 프로그램이었다.

"정말이에요?"

민혜는 너무 놀라서 샐러드를 뒤적이던 포크를 떨어뜨릴 뻔했다.

'고맙습니다'는 국민 예능 중 하나로 출연하기 상당히 까다로웠다. 민혜는 양반탈이 유명해지면서 얼굴과 이름을 알린 편이었고 최근 유명한 예능 등 TV 프로그램에 많이 참여하긴 했지만 아직 신인이었기 때문에 '고맙습니다' 출연은 생각도

하지 않고 있었다.

신인에게 있어서 '고맙습니다' 출연을 위한 문은 너무나 좁았기 때문이었다.

"실장님이 문자메시지로 알려주셨어. 확정된 것 같아."

매니저는 밝은 표정으로 말했다. 그도 지금 많이 들떠 있었다. 양반탈이 크게 성공했다고는 하지만 아직까지 신인인 민혜의 얼굴을 모르는 사람이 적지 않았다.

드라마를 전혀 보지 않는 사람들도 있기 때문이었다. 그렇기 때문에 '고맙습니다'에 출연한다면 얼굴과 이름을 알릴 수 있는 기회가 될 것이다.

"와아."

"잠깐만, 나 실장님이랑 통화 좀 하고 올게."

"네."

매니저의 스마트폰 벨소리가 울렸다.

그는 대화 중이었던 민혜에게 양해를 구한 뒤 잠시 떨어진 곳에서 실장의 전화를 받았다.

민혜는 샐러드를 뒤적이던 것을 멈추고 고개를 들어 푸른 하늘을 보았다.

넓고 푸른 하늘에 새하얀 구름이 떠다니고 있었다.

'내가 정말 '고맙습니다'에 출현할 수 있는 것일까? 내가 잘할 수 있을까?'

연기를 할 때와는 다르게 평소에는 소심한 면이 많은 그녀였다. '고맙습니다' 출연 소식을 들은 오늘도 여러 가지 생각이 들었지만 그녀는 고개를 젓는 것으로 잡생각을 떨쳐냈다.

잘할 수 있는 게 아니라, 잘해야만 했다. 자신을 믿어주는 사람들을 위해서라도.

그녀가 작지만 큰 결심을 하고 있을 때 매니저가 실장과의 전화 통화를 끝내고 민혜에게로 다가왔다.

"민혜야, '고맙습니다'가 어떤 프로그램인지는 알고 있지?"

매니저의 질문에 그녀는 고개를 끄덕이며 입을 열었다.

"네. 고마운 사람과 사연을 소개하는 프로그램 아닌가요?"

"맞아. 그래서 고마운 사람이 누군지 정해야 해. '고맙습니다' 작가 말로는 양반탈 제작진 중에서 뽑아주었으면 좋겠다고 하더라. 대본을 써야 하니까 오늘이나 내일 중으로 말해달래. 진지하게 고민해서 결정해 줘."

"고민할 필요 없을 것 같아요."

"정말?"

민혜의 말에 매니저는 조금 놀란 표정으로 그녀를 보았다. 민혜는 연기할 때 사람이 완전히 변하지만 평소 그녀는 소심하고 작은 결정을 할 때도 오래 고민할 때가 많았다.

그래서 고민할 필요가 없다는 그녀의 말에 매니저가 조금 놀란 표정을 지은 것이다.

"그럼 누군지 말해줘. 바로 '고맙습니다' 작가님에게 문자메시지 보내게."

민혜는 매니저를 보았다. 그리고 남몰래 가슴 속 깊이 품어 온 이름을 말하기 위해 입을 열었다.

"정규현 작가님이요."

"정규현 작가님? 하긴, 엄밀히 말하면 작가님도 제작진이라고도 볼 수 있겠네. 그럼 그렇게 문자메시지 보낼게."

매니저의 말에 민혜는 대답 대신 고개를 끄덕였다.

그러고는 맛없어서 뒤적이고만 있던 샐러드를 깔끔하게 비웠다.


6월 초, 가람 작가 대부분의 작품이 안정적인 궤도에 진입하게 되면서 규현이 해야 할 일은 많이 줄어들었고 비로소 그도 상당한 여유를 찾을 수 있었다.

하지만 여전히 스토리 교정을 해줘야 할 작가들이 있는데다 기사 이야기 개정판 원고 작업도 해야 했기 때문에 일이 전혀 없는 것은 아니었다.

평소처럼 사무실에서 퇴근해 집으로 돌아온 규현은 시원한 물을 마신 뒤 거실의 책상에 앉아서 TV를 켜고 노트북을 펼쳤다.

규현은 가볍게 TV를 시청하면서 노트북으로 기사 이야기 개정판 원고 작업을 하기 시작했다. 하지만 얼마 지나지 않아서 전화가 왔다.

스마트폰 화면을 확인하니 국제콘텐츠진흥원 드라마 산업 팀장 조승필이었다.

"여보세요."

—여보세요? 작가님, 지금 통화 가능하세요?

일반적인 회사원이라면 퇴근할 시간이었기 때문에 승필은 정중하게 통화를 해도 실례가 되지 않는지 확인했다.

"네, 통화 가능합니다."

규현은 리모컨으로 TV를 끄면서 흔쾌히 대답했다.

오늘 해야 할 일은 대부분 끝냈기 때문에 여유가 있었다. 기사 이야기 개정판 원고 작업이 조금 남아 있었지만 급하지 않았다.

—시간 내주셔서 감사합니다. 작가님, 내일 양반탈 마지막 촬영한다는 거 알고 계시죠?

"네. 얼마 전에 말씀해 주셔서 알고 있습니다."

얼마 전 승필이 전화를 해서 며칠 후에 마지막 화 촬영이 있으니 가능하면 일정을 비워주었으면 좋겠다고 말했었다.

—내일 마지막 촬영이에요. 작가님 요즘 바쁘시다고 뜸하셨는데, 내일은 꼭 참석 부탁드립니다.

승필의 말대로 최근 규현은 얼마 전까지만 해도 상당히 바빴기 때문에 촬영 현장에 자주 가지 못했었다.

다만, 내일은 마지막 촬영이었기 때문에 드라마 통신과 같은 연예 프로그램에서 현장을 취재하러 올 예정이었다.

승필은 이미 국내에서 상당히 유명한 작가인 규현을 다시한번 매스컴에 등장시키면서 양반탈의 특별함을 한 번 더 강조할 생각이었다.

양반탈은 이제 마지막 촬영에 들어가면서 30부작의 종지부를 향해 달려가고 있었지만 마지막까지 시청률의 유지를 위해서 노력하는 승필이었다.

"네, 꼭 참석할게요."

―감사합니다! 그럼 내일 뵙겠습니다.

"네. 들어가세요."

마지막으로 승필이 위치를 말해주고 나서야 전화 통화가 끝났다.

규현은 소파에 앉아 다시 TV를 켰다.

TV를 잠깐 보다가 내일 촬영 현장에 가기 위해 미리 기사이야기 개정판 원고 작업까지 끝마친 뒤에서야 규현은 침대에 몸을 눕힐 수 있었다.

다음 날 이른 아침 시간, 규현은 촬영 현장에 가기 위한 준비에 서둘렀다.

오늘의 촬영의 대부분은 야외에서 이루어지기 때문에 야외 촬영 현장으로 이동해야만 했다.

촬영장의 초성을 입력하자 내비게이션의 목록에 지명들이 나타났다.

지명 목록을 살핀 끝에 내비게이션을 터치해서 위치 정보를 등록한 그는 내비게이션의 안내를 받아 목적지를 향해 차를 몰았다.

1시간 정도를 달리니 촬영 현장 인근에 도착할 수 있었다. 산길을 따라 조금 더 들어가자 규현은 국제콘텐츠진흥원의 직원으로 보이는 남자를 볼 수 있었다.

안경을 쓰고 눈이 아주 작은 그의 이름은 주성찬이었다. 규현이 차를 멈추자 그가 옆으로 다가왔다. 창문을 내리자 성찬이 창문 쪽으로 고개를 내밀었다.

"작가님, 주성찬입니다. 저 기억나시죠?"

"네, 기억해요. 그런데 왜 나와 계시는 건지……."

"실은… 보시면 알겠지만 여기서부터는 차가 들어가기 힘들어요. 그래서 걸어서 이동해야 하는데, 길이 조금 복잡해서 안내해 드리기 위해서 기다리고 있었습니다."

규현은 정면을 보았다. 성찬의 말대로 차가 지나다니기 힘들어 보였다.

"일단 주차할게요."

"넵."

규현이 편하게 주차할 수 있도록 성찬은 대답과 함께 뒤로 물러났고 규현은 근처에 차를 주차했다. 규현이 차에서 내리자 성찬이 그에게 달려왔다.

"안내해 드리겠습니다."

규현은 성찬의 안내를 받아 촬영 현장을 향해 발걸음을 옮겼다. 30분 정도 걸으니 촬영장에 도착할 수 있었다.

아직 촬영이 시작되지 않았지만 모두 촬영 준비를 서두르고 있었다. 촬영 현장에 몇 번 온 적이 있어서 촬영 스태프들의 얼굴은 모두 눈에 익었는데, 처음 보는 스태프들이 꽤 보였다.

"저분들은 누구죠?"

촬영 준비를 서두르는 사람들을 흐뭇한 표정으로 지켜보고 있는 승필에게 다가간 규현은 처음 보는 스태프들을 검지로 가리키며 말했다.

스태프라고 추측한 이유는 카메라나 조명 등의 장비를 들고 있었기 때문이었다.

기자가 들고 다닐 법한 마이크를 들고 있는 사람도 있었다.

"드라마 통신에서 나온 분들입니다."

"아… 그렇군요."

규현은 고개를 끄덕였다.

마이크를 들고 있는 사람은 리포터였던 것이다. 촬영 준비가 거의 끝나갈 무렵 민혜가 모습을 드러냈다.

그녀는 승필의 옆에 서 있는 규현을 발견하고 밝은 표정으로 달려왔다.

"작가님! 정말 오랜만이에요!"

"아, 오랜만이에요, 민혜 씨."

그녀와는 정말 오랜만이었기 때문에 규현도 반갑게 인사를 했다.

규현의 인사를 받은 그녀는 수줍게 웃었다. 아름답게 웃는 그녀의 모습을 보니, 규현도 덩달아 기분이 좋아졌다.

민혜의 밝은 미소를 보아서일까, 그날 촬영 현장에 있는 동안 규현은 계속 기분이 좋았다.

드라마 통신의 인터뷰가 조금 귀찮아서 그렇지 전체적으로 괜찮은 하루였다.

뒤풀이까지 끝마치고 나서야 그는 집으로 돌아갈 수 있었다.

"후-우!"

집에 도착한 규현은 하루의 피로를 한숨에 담아 뱉어내며 소파에 몸을 던졌다.

소파에 반쯤 누워서 휴식을 취하고 있을 때, 전화가 걸려왔다.

스마트폰을 확인해 보니 모르는 번호였다.

조금 피곤해서 무시할까 싶었지만 규현은 일단 사업을 하는 사람이었기 때문에 모르는 번호라도 무시할 수 없었다.

"여보세요."

─정규현 작가님 맞으시죠?

"네, 제가 정규현입니다. 그런데 누구시죠?"

여자였고 처음 듣는 목소리였다. 규현은 그녀에게 누구인지 물었다.

─아, 죄송합니다. 제 소개가 늦었네요. 전 '고맙습니다' 작가 하연정이라고 합니다.

연정이 자신에 대해 소개했다. 그녀는 '고맙습니다'의 막내 작가였다.

"네. 그런데 '고맙습니다'의 작가님께서 제겐 무슨 일로 전화를 주셨나요?"

규현이 물었다. '고맙습니다'가 어떤 프로그램인지는 대충 알고 있었다. 중요한 것은 왜 그녀가 규현에게 전화를 주었느냐다.

─실은 양반탈에서 송아라 역을 맡으신 배우 최민혜 씨께서 '고맙습니다'에 출연하시게 되었어요.

"네, 그런데요."

설명이 부족했다. 그는 설마 민혜가 자신을 사연의 주인공으로 지목했을 것이라고는 생각도 못 하고 있었다.

―최민혜 씨께서 사연의 주인공으로 정규현 작가님을 지목하셨어요.

"정말이에요?"

―네, 정말이에요.

"흐음."

규현은 잠깐 생각에 잠겼다.

그동안 규현이 촬영 현장에 갈 때마다 신인배우였던 민혜를 잘 챙겨주긴 했지만, '고맙습니다' 사연의 주인공이 될 줄은 몰랐다.

민혜에게 잘해준 것도 사실 그녀가 연기할 때는 강한 듯 보이지만 실제로는 멘탈이 약해서 깨지기 쉽다는 것을 어쩌다 알게 되었기 때문이었다.

행여 그녀의 멘탈이 깨져 양반탈에 악영향이 가는 것을 막기 위해서였다.

"녹화는 언제인가요?"

상황 파악을 끝낸 규현은 적극적인 모습을 보였다.

예전만 해도 방송에 출연하는 것을 낯설어했지만 게임 통신에 출연하면서 방송에 제법 익숙해졌고, 무엇보다 국민 예능인 '고맙습니다'에 출연하면 양반탈의 시청률이 올라갈 것 같았다.

녹화와 방영 날짜를 계산해 보니 아무리 늦어도 '고맙습니다'에 출연하면 양반탈의 마지막 화는 홍보 효과를 누릴 수 있다.

'고맙습니다'는 국민 예능이니 그 효과는 엄청날 것이다. 규현은 양반탈의 시청률이 35%를 넘는 것을 꼭 보고 싶었다.

국내에서 가장 많은 제작비를 쏟아부은 대왕사신기의 최고 시청률이 35%였다.

현재 양반탈의 평균 시청률은 31% 정도였다.

규현은 국내의 한국형 판타지 드라마라고 평가받는 대왕사신기를 자신이 직접 쓴 양반탈이 뛰어넘는 것을 보고 싶었다.

그리고 '고맙습니다' 출현은 양반탈이 대왕사신기를 넘을 수 있도록 발판이 되어줄 것이다.

―자세한 시간과 날짜는 제가 지금 통화가 끝나는 즉시, 문자메시지로 보내 드리겠습니다.

"그럼 부탁드리겠습니다."

전화 통화가 끝나기 무섭게 연정으로부터 장문의 문자메시지가 도착했다.

문자메시지에는 방송국 위치와 녹화 시간과 방송국에 도착해야 할 시간, 그리고 간단하게 숙지해야 할 내용 등이 적혀 있었다.

규현은 문자메시지를 2번 읽는 것으로 내용을 확실하게 확인했다.

*          *          *

며칠 뒤, 규현은 시간을 맞춰서 방송국으로 향했다.

방송국에 도착한 그는 주차장에 차를 주차하고 방송국 안으로 들어갔다.

문자메시지에 적혀 있는 대로 1층 로비의 안내 데스크에 가서 이름을 말했다.

"신분증 주시겠어요?"

"아, 꼭 맡겨야 하나요?"

"네."

규현의 물음에 여직원은 망설임 없이 대답했다.

규현이 지갑에서 신분증을 꺼내 맡기자 여직원은 미리 준비해 두었던 출입증을 그에게 주었다. K게임넷의 출입증과는 조금 다른 디자인이었다.

"정규현 작가님이시죠?"

그때 조연출이라고 적혀 있는 명찰을 목에 걸고 있는 남자가 규현에게 다가왔다.

"어떻게 아셨어요?"

처음 보는 남자였다.

이 방송국에는 처음 오기 때문에 자신의 얼굴을 아는 사람이 없을 것이라 생각했는데 조연출이 자신을 알아보자 조금 놀랄 수밖에 없었다.

규현의 질문에 조연출은 입가에 미소를 머금은 채 입을 열었다.

"게임 통신이랑 푸름일보 기사에서 봤습니다."

갖은 인터뷰와 방송 출연으로 규현은 국내의 장르 문학 작가들 중에서 대중에게 가장 많이 노출된 작가가 되어 있었다.

장르 문학에 어느 정도 관심이 있는 사람이라면 규현의 얼굴을 알고 있을 정도였다.

"개인적으로 기사 이야기 정말 좋아하고 나이츠도 재밌게 플레이하고 있습니다. 양반탈은… 제 취향은 아니더군요, 하하하."

칭찬 속에 좋지 않은 것이 섞여 있었다.

규현은 애써 마지막 말을 외면했다. 조연출도 솔직했을 뿐, 나쁜 의도는 없었던 것 같았다.

"나이츠와 기사 이야기라도 재밌게 즐기셔서 다행이네요."

"아, 오해는 마세요. 양반탈도 제 취향이 아니었을 뿐, 충분히 재밌습니다. 대기실은 이쪽입니다."

조연출은 규현을 대기실로 안내했다.

단독 대기실이 아니었다. 기대했던 건 아니었지만 조금 실망한 것은 사실이었다.

대기실 안으로 들어가니 다른 사연의 주인공이 3명 정도 더 있었다.

"어? 혹시 수호자 작가님 아니세요?"

한 명이 규현을 알아보자 다른 두 명도 규현의 얼굴을 알아보았고 화기애애한 분위기 속에서 그들은 가벼운 대화를 주고받고 받았다.

그때 연정이 대기실 문을 열고 나타나 방송 전에 숙지해야 할 내용을 전달했다.

"정규현 작가님, 민혜 씨는 첫 번째 차례예요. 지금 스튜디오로 가셔야 해요."

그 말에 규현은 연정의 뒤를 따라 스튜디오로 이동했다.

그리고 얼마 지나지 않아서 스튜디오에 도착할 수 있었다. '고맙습니다' 스튜디오는 게임 통신 스튜디오보다 조금 더 넓었고 이미 녹화가 진행되고 있었다.

사연 주인공 자리에 앉자 세트에서 출연자들이 하는 이야기가 들려온다.

"자! 그러면 소개는 이쯤하고, 민혜 씨에게 정말로 고마운 사람이 한 명 있다면서요?"

호들갑을 떨며 말하는 안경을 쓴 노란 머리의 남자는 규현도 가끔씩 TV에서 본 적이 있는 MC로 '고맙습니다'의 메인 MC인 최강혁이었다.

그는 '고맙습니다' 외에도 여러 프로그램을 맡아서 진행하고 있는 국민 MC였다.

"예. 신인인 제가 촬영 현장에 잘 적응하지 못하고 있을 때, 제가 적응할 수 있도록 많이 도와주셨어요. 힘들 때는 언제나 곁에 있어주셨죠."

"그러면 마치 남자 친구 같았겠어요?"

30대 중반의 아이돌 출신 배우 안소은이 약간 짓궂은 질문을 했지만 민혜는 조금도 당황하지 않고 입을 열었다.

"예. 가끔 남자 친구였으면 하고 생각하기도 했답니다."

민혜의 대답에 출연자들이 놀란 표정을 지었다. 반쯤 농담 삼아 한 말이 분명했지만 신인 여배우치고는 대담한 발언이었기 때문이었다.

"이거 조만간 연예계에 흥미로운 스캔들이 터질 것 같은 분위기입니다!"

메인 MC 최강혁이 코끝으로 내려온 안경을 올리며 말했다. 그도 농담 삼아 말했지만 민혜의 조금 붉어진 얼굴이, 그녀의 말이 농담이 아닌 진심일지도 모른다는 사실을 말해주는 것 같았다.

"그럼 이 뜨거운 사연의 주인공을 소개합니다. 정규현 작가님, 나와주시죠!"

강혁의 말에 조연출이 수신호를 보냈다. 닫혀 있던 문이 열리고 비밀스러운 공간에서 의자에 앉아 있던 규현의 모습이 드러났다.

미리 전달받은 대로 방청객들은 박수를 쳤고 세트의 스크린에는 규현의 얼굴이 클로즈업되었다. 게임 통신 때와는 다르게 자신의 모습이 스크린에 나오자 규현은 어색한 미소를 지었다.

"정규현 작가님에 대해서 간단하게 소개를 드리자면, 양반탈 시나리오를 쓰셨을 뿐만 아니라 국내 유명 연재 사이트와 전자책 판매 사이트에서 1위에 등극하시기도 했습니다! 게다가 일본 진출과 함께 소설이 게임으로 만들어져서 한, 미, 중, 일의 게임 시장을 장악했습니다! 정말 대단한 분이시죠!"

강혁이 규현의 얼굴에 금칠을 해주었다.

규현의 입가에 미소가 그려졌다. 금칠을 해주는데 표정이 어두울 리가 없었다.

"어두웠던 무명 시절도 있었다고 하지만 중요한 건 아니니까 넘어가도록 하겠습니다!"

강혁이 힘차게 말했다. 어두웠던 무명 시절을 언급할 때만 해도 규현은 조금 긴장했다.

하지만 곧 넘어가겠다는 말을 듣고 안도했다.

간단한 소개 시간이 끝나고 이제 민혜가 사연에 대해 이야기하는 시간이 찾아왔다.

국민 예능 프로그램이라는 사실에 민혜는 다소 긴장한 표정이었지만 아나운서처럼 사연을 또박또박 말했다.

연기는 좋아하지만 촬영 현장에 적응하기 힘들었을 때 규현이 언제나 먼저 다가와서 다독여 주고 위로해 주어서 힘든 시간을 이겨내고 적응할 수 있었다는 내용이었다.

"정말 감동적인 이야기였습니다!"

별로 감동적이진 않았지만 강혁은 감동적이었다고 강조하며 고개를 끄덕였다.

사연을 말하는 차례가 끝나고 사연의 주인공에게 질문을 하는 차례가 되었다.

"실례가 안 된다면 혹시 두 분이 어떤 관계인지 여쭤봐도 될까요?"

사연을 소개할 때부터, 아니, 규현이 세트에 모습을 드러냈을 때부터 유난히 그에게 호기심을 보이던 안소은이 질문했다.

그녀의 질문에 규현은 눈살을 살짝 찌푸리며 마이크를 들었다.

"무슨 의미시죠?"

"아, 이상한 의미는 아니었어요. 그냥 사연을 들어보니까 마치 친오빠처럼 민혜 씨를 챙겨주시는 것 같아서, 혹시나 남매인가 싶어서 물어봤어요."

"남매는 아닙니다."

소은의 말에 규현이 대답했다. 남매가 아니라는 말에 소은의 두 눈이 반짝였다.

"혹시 두 분 사귀는 사이는 아니죠?"

"아, 안소은 씨! 상당히 민감한 질문을 해주시네요! 원래는 제가 제지해야 하지만 저도 궁금하니까 가만히 있겠습니다!"

소은의 질문에 강혁이 호들갑을 떨었다.

규현은 민혜의 표정을 살폈다.

그녀가 여배우이기 때문에 자신과 이런 식으로 엮이는 게 불쾌할 수도 있다고 생각했지만 표정을 관리하는지 예상 외로 그녀의 얼굴에 그런 기색은 없었다. 오히려 의미를 알 수 없는 기대감을 엿볼 수 있었다.

"네, 그냥 친한 동생이에요."

규현의 대답에 소은은 입꼬리를 살짝 끌어 올렸고 민혜는 무엇을 기대했는지 모르겠지만 실망한 표정이었다.

물론 카메라에 자주 노출되는 여배우답게 민혜는 금세 표정을 바꾸며 주변 눈치를 살폈다.

다행히 규현이 자신의 실망한 표정을 보지 않은 것 같다고 생각하자 그녀는 안도했다.

"그럼 혹시 지금 사귀는 사람은 없으세요?"

"네, 지금은 없어요."

소은의 질문 공세는 계속되었다.

대답하기 곤란한 수준은 아니었기 때문에 규현은 그녀의 질문에 망설임 없이 대답했다.

"썸 타는 사람도 없어요?"

"없는 것 같네요."

규현은 솔직하게 대답했다. 사실 지은이 규현과 썸 타는 중이라고 볼 수 있지만 정작 당사자인 규현은 크게 인지하지 못하고 있었다.

"아하, 그렇군요."

질문을 통해 규현이 여자 친구가 없고, 썸을 타는 중도 아니라는 사실을 알아낸 안소은은 만족스러운 얼굴로 입꼬리를 끌어 올렸다.

그 모습을 본 강혁이 두 눈을 날카롭게 빛냈다.

"소은 씨, 방송을 너무 사적으로 이용하시는 거 아니에요?"

"설마요. 제가 하지 않았으면 강혁 씨가 질문했을 거잖아요."

"잘 아시는군요, 하하하."

소은의 반격에 강혁은 웃음을 터뜨렸다.

한차례 폭풍이 지나가고 얼마 지나지 않아서 규현의 차례는 끝이 났다.

다른 사연의 차례가 되면서 그는 세트에서 나와 스튜디오에 마련된 방청석에 앉아 녹화를 지켜보았다. 방송국은 아직까지 규현에게 낯선 곳이었기 때문에 모든 것이 새로웠다.

스튜디오의 스태프들이 분주하게 움직이는 모습과 녹화가 진행되는 모습을 구경하고 있으니 시간은 순식간에 흘러 녹화가 끝날 때가 되었다.

"수고하셨습니다!"

"다들 고생 많으셨습니다!"

녹화가 끝나고 스태프들이 뒷정리를 서둘렀다.

규현은 집으로 돌아가기 전에 민혜와 간단하게 이야기나 나눌까 싶어서 그녀가 있는 곳으로 발걸음을 옮겼다.

그녀의 앞에 다가가 입을 여는 순간, 옆에 있는 소은이 규현과 민혜의 사이에 끼어들며 입을 열었다.

"정규현 작가님! 오늘 저희 출연자들끼리 회식이 있는데 혹시 오실 수 있으세요?"

소은의 말에 규현은 주변을 둘러보았다.

이미 출연자들끼리 모여 회식 장소로 이동할 준비를 끝낸 것 같았다.

다만 사연의 주인공들은 보이지 않는 것으로 보아 말 그대로 연예인 출연자들끼리만 모이는 것 같았다.

"제가 끼어도 될지 모르겠네요, 하하하."

규현의 말에 민혜가 그의 소매 끝을 붙잡고 물기 어린 눈동자로 그를 올려다보았다.

"같이 가요, 작가님."

양반탈 마지막 화 촬영이 끝났으니, 규현과의 접점이 사라졌다.

그의 전화번호를 알고 있긴 하지만 사적인 연락을 주고받을 정도로 가까운 것은 또 아니었다.

그래서 그녀는 지금 규현과 헤어지는 게 아쉬웠다. 조금만 더 같이 있고 싶었다.

"맞아요. 작가님도 같이 가요. 저희 모두 기사 이야기 독자이고 나이츠 유저입니다. 와서 이야기보따리 좀 풀어주세요."

유명한 것 같지만 이름이 기억나지 않는 남성 출연자가 희미한 미소를 머금은 채 말했다.

민혜를 포함한 출연자들의 합석 요청에 규현은 결국 백기를 들었다.

"네, 그러면 염치 불고하고 합석하겠습니다."

규현과 민혜, 그리고 출연자들은 방송국 근처의 꽤 비싸 보이는 일식집으로 향했다.

'다들 돈을 많이 버니까 이런 곳에서 노는구나.'

일식집으로 들어가며 규현은 생각했다.

규현도 돈을 많이 벌기는 하지만 한 번씩 크게 쓸 때를 제외하면 나름 절약하는 스타일이라서 돈을 많이 쓰는 편은 아니었다.

"아, 작가님, 오해 마세요. 저희도 평소엔 삼겹살 먹어요. 오늘은 작가님도 계시니까 특별히 이곳에 온 겁니다."

강혁이 너스레를 떨며 먼저 내실로 들어갔다. 그 뒤를 이어서 다른 출연자들도 들어갔고 마지막으로 규현이 내실로 들어갔다.

"작가님, 여기 앉으세요."

소은이 자신의 오른쪽에 있는 빈자리를 가리키며 말했다.

"그럼 실례하겠습니다."

다른 곳에는 빈자리가 없었기 때문에 규현은 양해를 구하며 조심스럽게 들어가 소은의 옆에 앉았다.

"와아, 작가님. 양손의 꽃이네요."

강혁이 말했다.

규현의 왼쪽엔 아이돌 출신 배우 안소은이 있었고 오른쪽엔 신인이지만 눈부신 외모와 연기를 자랑하며, 요즘 대세인 양반탈의 주연배우 최민혜가 있었다.

강혁의 말대로 양손의 꽃이라고 볼 수 있었기 때문에 규현은 어색하게 웃었다.

내실 문이 열리고 종업원이 들어왔다. 법인 카드를 들고 있는 강혁이 요리를 주문했다.

종업원이 나가고 얼마 지나지 않아서 다시 내실 문이 열리고 요리가 들어왔다.

일식집에서 자주 볼 수 있는 코스 요리였다. 출연자들은 가볍게 이야기를 나누며 젓가락을 부지런히 움직였다.

규현은 튀김을 젓가락으로 집어 앞 접시로 가져왔다.

옆에서 민혜가 조심스럽게 입을 열었다.

"많이 드세요, 작가님."

"하하하. 네, 감사합니다."

화기애애한 분위기 속에서 규현의 왼편에 있는 소은이 그 모습을 유심히 지켜보았다. 그러자 그녀와 눈이 마주친 민혜는 휙 고개를 돌려 아무것도 없는 자신의 앞 접시를 내려다보았다.

"그런데 두 사람은 정말 사귀는 거 아니에요? 민혜 씨의 말씀이 사실이라면 관계가 의심스러울 정도인데요."

"정말 아니에요!"

"하하하."

소은의 말에 민혜는 강하게 부정했고 규현은 가벼운 웃음을 흘리며 튀김을 베어 물었다.

아름다운 신인 여배우와 사귄다는 의심을 받는 것은 기분이 나쁘지만은 않았다.

"강한 부정은 긍정이라고들 하는데, 이거 정말 수상합니다?"

강혁이 수상하다는 시선을 보냈다.

"정말… 아니에요."

민혜는 고개를 숙이고 작은 소리로 말했다. 옆에 있는 규현은 그녀의 목소리를 들을 수 있었다.

"이제 그만하죠. 민혜 씨도 곤란해하는 것 같아요."

"이런, 저희가 너무 심했습니다. 불쾌하셨다면 사과드릴게요. 죄송해요, 민혜 씨."

규현은 민혜가 자신과 엮이는 것을 싫어한다고 판단하고 브레이크를 걸었다.

폭주 기관차처럼 미쳐 날뛰던 강혁도 규현이 브레이크를 걸자 얌전히 멈췄다.

"불쾌하진 않았는데……."

강혁의 말에 민혜는 중얼거렸다.

하지만 너무나 작은 소리였기 때문에 옆에 앉아 있는 규현조차 듣지 못했다.

"민혜 씨, 정말 아무 사이도 아닌 거 맞죠?"

가만히 있던 소은이 말했다.

민혜는 대답을 하지 못했다. 그 모습을 본 소은의 입꼬리가 올라갔다.

"그럼 제가 대시해도 되겠네요? 정규현 작가님, 저 어떠세요?"

소은의 직설적인 말에 규현은 쉽게 대답하지 못했고 민혜는 가슴이 철렁 내려앉았다.

소은은 국내 유명 아이돌 그룹 출신 배우로 매력 있고 연기도 잘했다.

민혜와 비교하면 여러 가지 면에서 민혜가 밀렸다. 소은은 장난처럼 규현에게 말했지만 민혜는 여자 특유의 직감으로 그녀가 장난이 아닌 진심이라는 것을 눈치챌 수 있었다.

민혜는 규현을 소은에게 뺏길까 봐 두려웠다. 차마 규현을 보지도 못하고 그녀는 하얗게 질린 얼굴로 청각을 두 사람에게 최대한 집중했다.

"소은 씨는 충분히 매력적이지만 제가 요즘 바빠서 연애를 할 시간이 없네요. 죄송합니다."

규현의 대답에 민혜는 안도했다.

저 불여우 같은 여자의 유혹에 넘어가지 않은 규현을 칭찬해 주고 싶었다.

"나 차여 버렸네. 하지만 저는 포기하진 않을 거예요."

"하하하, 그렇군요."

소은의 말에 규현은 장난으로 생각하고 아무렇지도 않게 대답했지만 그녀의 말이 진심이라는 것을 아는 민혜는 소름이 돋았다.

그녀가 잘못 안 게 아니라면 두 사람은 오늘 처음 만나는 게 분명했다. 그런데 처음 만나는 남자를 향해 저런 호감을 표시한다?

있을 수 없는 일이었다.

그래서 민혜는 소은이 규현을 노리는 이유가 돈 때문이라고 생각했다.

규현이 양반탈에 수십억을 투자했다는 소문은 이미 알 사람들은 모두 알고 있는 사실이었고, 그의 작품을 원작으로 한 나이츠 또한 수출되어 좋은 성적을 기록하고 있다는 것도 모두가 알고 있었다.

이미 인터넷에서는 그의 재산 규모가 100억이 넘을 것이라고 추측하는 사람들도 있을 정도였지만 당사자인 규현이 침묵하고 있었기 때문에 정확한 재산은 아무도 몰랐다.

'적당히 선을 그어야겠군.'

민혜와 비슷한 생각을 하는 규현이었다. 처음 보는데 이렇게 강한 호감을 드러내는 경우, 다른 의도가 숨어 있을 확률이 매우 높다고 그는 생각했다. 그래서 소은과는 거리를 둘 생각이었다.

"작가님, 전화번호 좀 알려주실 수 있으세요?"

회식이 한참 진행되고 있을 때 소은이 전화번호를 물었다. 규현이 거절하려는 순간, 그의 스마트폰 벨소리가 울렸다. 기가 막힌 타임이었다.

"잠시 전화 좀 받고 오겠습니다."

전화를 건 사람은 규태였다. 문학 왕국에서 기사 이야기 이벤트가 진행되는 중이니 인세가 조금 올라갈 것이라는 것을 전달하기 위한 전화였다. 규현은 전화 통화를 끝내고 내실로 돌아갔다.

"저, 사정이 있어서 먼저 가보겠습니다."

"아, 예. 작가님, 조심해서 들어가세요."

"저, 전화번호……"

회식은 충분히 즐겼고 해야 할 일도 있었으니, 가야할 시간이었다.

마지막에 전화번호를 요구하는 소은이 목소리가 들렸지만 규현은 무시하고 일식집을 나왔다.

따라오는 기척을 느끼고 몸을 돌려 뒤를 보니 그곳엔 민혜가 있었다.

"작가님……"

"네. 민혜 씨, 말씀하세요."

민혜는 규현과 눈도 제대로 마주치지 못했다. 하고 싶은 말이 있지만 쉽게 입이 떨어지지 않았다.

그녀는 연기를 할 때에는 거침이 없었지만 평소에는 소심했다.

하지만 이대로 규현을 보내면 다시 만나지 못할 수도 있다는 생각에 그녀는 용기를 내서 입을 열었다.

"가, 가끔 문자메시지 보내도 돼요?"

민혜의 말에 규현은 입가에 미소를 머금었다.

"물론이죠."

그의 대답에 민혜의 얼굴이 밝아졌다. 지금 그녀는 세상을 다 얻은 것 같은 기분이었다.

# 33장

# 기사 이야기 열풍

사무실에서 평소보다 일찍 퇴근하는 길이었다.

주차장에 차를 주차하고 오피스텔 승강기 앞에 선 규현은 주머니에 넣어둔 스마트폰이 진동하는 것을 느끼고 꺼내 들어 화면을 확인했다.

등록된 전화번호는 아니었지만 낯설지 않았다. 아마도 택배원일 것이라 생각하며 그는 전화를 받았다.

―택배입니다. 정규현 씨 되시죠?

"네."

전화를 받기 무섭게 들리는 익숙한 목소리.

예상대로 택배였다. 택배원은 이름을 물어보았다.

규현이 자신은 정규현이 맞다고 대답하자 이번에는 주소를 확인하듯 물었다.

"네, 주소 맞습니다. 그리고 지금 집으로 올라가는 중이에 요."

아마 그 다음은 집에 있냐고 물어볼 게 분명했기 때문에 규현은 먼저 선수를 쳐서 대답했다.

"30분 정도 걸립니다."

"네, 수고하세요."

전화 통화를 끝낸 규현은 자신의 오피스텔인 501호로 발걸음을 옮겼다.

비밀번호를 누르고 안으로 들어간 그는 곧바로 주방으로 향했다. 냉장고에서 시원한 음료수를 꺼내 마신 그는 책상에 앉아 노트북을 열었다.

사무실에서 다른 일을 하느라 미처 끝내지 못했던 가람 작가들의 스토리 교정을 끝낼 때쯤이었다. 인터폰이 울렸다. 화면에 1층의 모습이 나타났고 중앙에 택배원으로 보이는 사람이 있었다.

─택배입니다.

규현은 대답 대신 인터폰을 터치하여 1층의 문을 열어주었다.

그리고 거실의 소파에 앉아 느긋하게 택배원을 기다렸다. 얼마 지나지 않아서 초인종 소리와 함께 급해 보이는 노크 소리가 들리고, 인터폰 화면에서 뭔가 순식간에 지나갔다. 택배원이 물품을 두고 간 것 같았다.

"빠르네."

문을 열어본 규현은 감탄했다.

잠깐의 순간이었지만 택배원은 없고 작은 박스만 홀로 문 옆에 놓여 있었다.

규현은 작은 박스를 집어 들고 안으로 들어갔다. 일본에서 온 것이었다.

'지금이 몇 월 달이었더라?'

지금은 6월 말이었다.

이 시기에 일본에서 올 택배라면 규현은 내용물이 어떤 것인지 대충 예상할 수 있었다.

6월 말은 라이트노벨 전문 월간지 '경소설'이 발간되는 시기였다.

아마도 '경소설' 출판사에서 기사 이야기를 표지로 출간한 7월 호를 호의로 보내주었을 확률이 높았다.

"커터 칼을 어디에 두었더라?"

규현은 책상 서랍을 뒤져서 커터 칼을 찾아냈다. 그리고 그것으로 박스를 봉인한 테이프를 제거했다.

박스를 열자 익숙한 캐릭터가 표지에 그려진 잡지가 있었다.

모두 일본어로 적혀 있어 알아볼 순 없었지만 표지에 그려진 기사 이야기 캐릭터들 덕분에 '경소설' 7월 호라는 것을 쉽게 알아낼 수 있었다.

규현은 '경소설' 7월 호를 들고 소파로 가서 비닐을 뜯었다. 그리고 잡지를 펼쳐서 빠른 속도로 페이지를 넘겼다. 이윽고 기사 이야기를 소개하는 페이지를 찾아낸 그는 눈동자를 움직여 페이지를 읽었다.

정확히 말하면 읽는 것은 아니었고 그림을 훑는 것이었다.

기사 이야기와 관련된 부분을 대충 훑어본 규현이 '경소설' 7월 호를 내려놓을 때, 스마트폰에 문자메시지 한 통이 도착했다. 확인해 보니 규태였다.


[작가님, '경소설' 7월 호 받으셨나요? 교토 북스에서 저희한테도 보내주었네요. 오늘 오전에 받았는데, 문자메시지를 드리는 것을 깜빡했습니다.]


'뭐야? 교토 북스에서 보낸 거였어?'

규태의 문자메시지를 본 규현은 박스를 확인해 보았다. 영문으로 교토 북스라고 적혀 있었다.

'경소설' 출판사에서 보냈을 것이라 생각했었는데 아닌 듯했다.

교토 북스에선 이번 일 외에도 여러 가지로 규현의 편의를 봐주고 있었다. 그래서 더 마음에 들었다.

규현은 스마트폰을 터치해서 규태에게 답장을 보낸 뒤, 노트북으로 인터넷에 접속해서 기사 이야기를 검색하기 시작했다.

국내 사이트부터 시작해서 외국 사이트까지 둘러보았다. 규현은 영어영문학과라서 영어에 능숙했기 때문에 웬만한 영어 사이트는 이해할 수 있었다.

영어가 아닌 일본이나 중국어로 적힌 사이트라고 해도 인터넷 번역기를 사용하면 그럭저럭 읽을 수 있도록 번역되기 때문에 크게 불편하지 않았다.

인터넷을 검색하다가 기사 이야기와 관련된 일본 사이트의 기사를 발견한 규현은 호기심에 클릭해서 들어가 보았다.

그리고 인터넷 번역기를 돌렸다.

기사는 기사 이야기의 판매 부수가 20만 부를 넘겼다는 것을 다루고 있었고, 그 밑에 달린 댓글도 정말 많았다.

규현은 댓글을 확인하기 위해 마우스를 움직였다.

[diakahxh2123: 한국 사람이 쓴 소설이라고 해서 처음엔 읽

지 않았다. 나중에 친구가 몇 번이나 거듭 추천해서 읽었을 때, 나는 크게 후회하고 말았다. 왜 진작 이 '명작'을 읽지 않았을까 하고.]

[LoLo2315: 가끔 한국 사람이 쓴 소설이라고 이유 없이 비난하고 안 읽는 분들 계신데 후회합니다. 정말 재밌거든요. 읽고 나면 왜 그동안 안 봤을까 하고 후회해요. 제가 그랬거든요.]

[Lord9542: 이거 노잼. 우리나라 라이트노벨이 더 재밌음.]

[Type032: 재미없다는 말은 들을 필요 없음. 중요한 건 기사 이야기가 꿀잼이라는 사실임.]


번역기를 사용하니 기사는 어렵지 않게 읽을 수 있었지만 댓글은 인터넷 용어가 많이 사용되어 번역이 안 된 것도 제법 있었다. 그래도 꽤 많은 수의 댓글이 번역되었기 때문에 규현이 읽을 수 있었다.

악플도 있었지만 대부분이 우호적인 댓글이었다. 악플에 대항해 기사 이야기를 두둔하는 사람들도 있었다.

이것은 광팬층이 서서히 형성되려고 한다는 것을 의미했다.

일본의 다른 인터넷 사이트를 들어가 보아도 반응은 비슷했다.

기사는 우호적이었으며, 규현이 한국인이라는 이유만으로

발악하듯 그를 깎아내리려는 사람들이 있었지만 이미 기사 이야기에 매료된 독자들은 그들의 말을 듣지 않았다. 일본 사이트를 살펴본 그는 다시 인터넷을 검색했다.

이번에 연결된 사이트는 중국 사이트였다.

〈중국을 강타한 '나이츠'의 원작! '기사 이야기'는 어떤 소설인가?〉

나이츠의 원작 소설 기사 이야기를 소개하는 인터넷 기사였다.

나이츠는 중국에서도 서비스하고 있었다. 가장 호평이 많은 곳은 일본이었지만 가장 높은 매출을 올리고 있는 곳은 중국이었다.

나이츠는 중국 시장에서 호평과 혹평을 고르게 듣고 있었지만 일단 플레이하는 사람들이 워낙 많다 보니 원작인 기사 이야기에 대한 관심은 엄청났다.

[Chi97: 나이츠 원작 한번 읽어보고 싶어요.]
[Gy1235: 나도 읽어보고 싶다! 북경 서고나 중화 북스는 이상한 책 출간하지 말고 이런 명작을 내놓으란 말이다!]

댓글 반응은 괜찮은 편이었다.

중국 사람들도 기사 이야기를 원한다는 것을 알 수 있었다.

'중국에 출간해도 반응이 좋을 것 같은데?'

댓글 반응을 보니 당장 중국에 진출해도 괜찮을 것 같았다.

'하긴 일본에도 진출했는데, 중국이라고 해서 진출하지 못하겠어?'

규현은 생각했다.

기사 이야기는 일본에도 진출했다. 중국이라고 해서 진출하지 말라는 법은 없었다.

그는 즉시 댓글에 언급된 중화 서고 홈페이지에 접속했다. 그리고 메일 주소를 확인한 그는 즉시 메일을 보냈다.

한 통의 메일에 한국어와 중국어를 동시에 넣었다. 물론 중국어 부분은 번역기의 힘을 빌렸다.

\*　　　　　\*　　　　　\*

메일을 보내고 며칠이 흘러 7월이 되었지만 답장은 없었다. 답장을 마냥 기다릴 수는 없었기 때문에 규현은 중화 서고에 대한 것을 기억의 저편으로 날려 버리고 해야 할 일에 집중했다.

그래서 며칠 동안 일에만 집중했다. 그래도 집중해서 글을 쓴 덕분에 며칠 후, 그는 여유를 가질 수 있었다.

비로소 여유가 생겼을 때 그는 교토 북스로부터 한 통의 메일을 받았다.

[안녕하세요, 작가님. 교토 북스 기획팀장 야마모토 켄이치입니다. 그동안 잘 지내셨는지요. 아직 7월 초이지만 벌써부터 날씨가 더워지고 있습니다. 건강 조심하세요. 서론이 너무 긴 것을 싫어하시니 바로 본론으로 들어가겠습니다. 얼마 전에 '경소설' 7월 호가 출간된 사실을 알고 계시죠? 저희가 7월 호를 보내 드렸으니 아실 것이라 생각됩니다. 라이트노벨 전문 월간지 표지에 실리고 누적 판매가 20만 부를 넘어서면서 저희 교토 북스로 여러 요청이 쇄도하고 있습니다. 그중 가장 많은 게 사인회 요청입니다. 저희는 작가님의 생각을 존중하고 있습니다. 하실 의향이 있으시면 답장 주시길 바랍니다. 참고로 사인회 장소는 도쿄 서점 도쿄 본점을 예상하고 있습니다.]

사인회 요청이 들어온 것을 보니 일본에 출간된 기사 이야기 단행본이 상당히 많은 인기를 끌고 있는 것 같았다.

실제로 규현이 가끔씩 일본 사이트에 들어갈 때마다 봤던 기사 이야기 관련 기사들은 대부분 우호적인 기사였다.

가끔 심한 극우 인터넷 신문사에서 기사 이야기를 깎아내릴 때도 있었지만 기사 이야기의 독자들에게 강도 높은 비판을 받고 기사를 내리는 경우가 많았다.

"꽤 장문의 메일이네요. 어디서 보낸 건가요?"

커피를 타며 탕비실에서 나오던 칠흑팔검이 물었다.

탕비실에서는 사무실 문을 향해 시선을 돌리면 규현의 노트북이 정면으로 보였다.

그래서 칠흑팔검도 나오는 길에 규현의 노트북 화면을 볼 수 있었다.

자세히 보는 것은 실례이기도 했고 잘 보이지도 않아서 내용은 몰랐지만 장문이라는 것 정도는 파악할 수 있었다.

"교토 북스에서 보낸 거네요."

"또 넷우익이 날뛴대요?"

과거, 넷우익이 기사 이야기를 한참 비난할 때 규현은 속상한 마음에 칠흑팔검에게 털어놓은 적이 있었다. 그래서 칠흑팔검은 넷우익 사태에 대해 대충은 알고 있었다.

"아뇨. 그건 아니에요."

규현은 고개를 저었고 칠흑팔검은 정리가 되어 있지 않은 빈자리를 정리하며 입을 열었다.

"안부 메일치고는 장문이던데요? 혹시 또 무슨 일이 있는 겁니까?"

정리를 하다 말고 빈자리에 앉아서 커피를 마시며 칠흑팔검이 물었다.

교토 북스에서 가끔 규현의 안부를 묻는 메일을 보낼 때가 있었는데 규현은 사무실에서 메일을 자주 확인하기 때문에 탕비실을 자주 왕복하는 칠흑팔검은 가끔씩 교토 북스에서 규현에게 보낸 메일을 확인할 수 있었다.

"일본에서 사인회 할 생각이 없냐고 하네요."

"장소는 어딘가요?"

규현의 말에 칠흑팔검이 질문했다.

일본에서는 작가들의 사인회가 한국에 비해 자주 있는 편이었다. 그래서 사인회를 한다는 것보다는 어디서 사인회를 하느냐가 그 작가의 가치를 결정했다.

"도쿄 서점 도쿄 본점이요."

"와우!"

평소 점잖은 모습을 보이던 칠흑팔검이 큰 소리로 감탄사를 내뱉었다.

다른 사람에게 방해가 될 정도의 소리였지만 다행히 퇴근 시간이 지나서 사무실에는 규현과 칠흑팔검, 두 사람밖에 없었다.

"대단한 곳이에요?"

규현이 물었다.

그는 일본의 서점에 대해서 아는 게 많이 없었다. 칠흑팔검은 고개를 끄덕였다.

"제가 설명하기 힘들 것 같네요. 한번 보는 게 가장 좋을 것 같습니다. 인터넷에 검색해 보세요."

칠흑팔검의 말에 규현은 도쿄 서점 도쿄 본점을 인터넷에 검색해 보았다.

그리고 놀랐다.

그가 생각했던 것보다 규모가 상당히 크고 3층 건물 전체가 서점이었다.

두 눈을 동그랗게 뜨고 노트북 화면에서 좀처럼 시선을 떼지 못하는 규현을 보며 칠흑팔검이 다가와 입을 열었다.

"웬만한 작가는 사인회 하는 것을 꿈도 못 꾸는 곳이죠. 축하드립니다, 대표님. 정상에 오르셨네요."

＊　　　　＊　　　　＊

[안녕하세요, 작가님. 교토 북스의 야마모토 켄이치입니다. 일본은 처음이시라고 하셨으니, 제가 인천국제공항에서부터 에스코트하겠습니다.]

일본행이 처음이라는 내용의 답장을 보내자 놀랍게도 교토 북스의 야마모토 켄이치는 그를 데리러 직접 한국까지 오는 수고를 하겠다는 내용의 메일을 보냈다.

밑에는 도착 예정 시간과 라운지에서 기다려 달라는 내용이 추가로 적혀 있었다.

메일에 적혀 있는 대로 규현은 인천국제공항에 도착하기 무섭게 라운지로 발걸음을 옮겼다.

외국인들도 많이 이용하는 국제공항답게 라운지에는 외국인들이 많았다.

서울에도 외국인들은 많았지만 그들 대부분이 중국인이었다.

그래서 특히 관광지에 가면 이곳이 중국인가? 하고 헷갈릴 정도로 중국인들이 많았다.

라운지에도 중국인이 많이 보이긴 했지만 다른 외국인들도 많아서 상대적으로 적어 보였다.

규현은 여유롭게 아이스티를 마시며 교토 북스의 기획팀장 야마모토 켄이치를 기다렸다. 아이스티가 바닥을 보일 때쯤이었다.

규현은 라운지로 들어서는 켄이치를 발견할 수 있었다. 그의 곁에는 통역사로 보이는 여자가 보였다.

켄이치는 단정한 헤어스타일과 옷차림에 검은 뿔테 안경을 쓰고 있었다.

예전에 봤던 모습 그대로였다. 다만 헤어스타일은 조금 변화를 준 것 같았다.

주변에 사람들이 많았기 때문에 소리를 질러서 위치를 알리는 대신에 규현은 조용히 손을 들어 올렸다.

주변을 살피던 켄이치는 규현을 발견하고는 반가운 얼굴로 거리를 좁혔다.

"작가님, 정말 반갑습니다! 오늘따라 세미 정장이 더 잘 어울리시는 것 같습니다. 하하하!"

그는 밝은 목소리로 말하며 손을 내밀었다.

일본에 출간된 기사 이야기 단행본이 잘 팔리고 있어서 그런지 켄이치는 처음 만났을 때보다 더욱 살갑게 규현을 대했다.

규현은 켄이치가 내민 손을 잡고 가볍게 악수하며 입을 열었다.

"야마모토 씨도 얼굴이 많이 밝아지셨네요. 좋은 일이 있으셨나봅니다."

통역사에게서 규현의 말을 전달받은 켄이치는 환하게 미소를 지어 보였다.

"저야 뭐, 작가님 덕분에 하루하루가 행복합니다."

졸지에 규현은 행복 전도사가 되어버렸다.

통역사에게서 켄이치의 말을 전달받은 규현은 어색한 웃음을 흘렸다.

"비행기 표를 발권해야 하지 않을까요?"

"네, 이동하시죠."

세 사람은 비행기 표를 발권했다. 비용은 켄이치가 부담했고 좌석 등급은 비즈니스 클래스였다.

"저는 이코노미 클래스도 괜찮은데…… 일본까지 얼마 안 걸리잖아요."

규현이 말했다. 비즈니스 클래스를 발권해 주니 대우를 받는 것 같아서 기분이 나쁘지는 않았지만 한국에서 일본까지의 소요시간이 얼마 되지 않기 때문에 이코노미 클래스를 타도 상관없다고 생각하고 있었다. 그의 말에 켄이치는 미소를 지으며 입을 열었다.

"짧은 시간이라도 최대한 편하게 가셔야죠. 저희가 부탁드려서 일본에 오시는 건데, 조금이라도 불편하시면 안 되죠."

"맞는 말씀인 것 같네요."

통역사를 통해 전달되는 켄이치의 의견에 규현도 동의했다. 소요 시간은 길지 않았지만 이왕 가는 거 편하게 가는 게 좋긴 했다.

이윽고 시간이 다가왔고 규현과 통역사, 그리고 켄이치는 간단한 절차를 밟고 비행기에 탑승했다.

비즈니스 클래스 좌석은 이코노미 클래스에 비해 넓고 편했다.

도쿄국제공항까지 2시간 정도 걸린 것 같았다. 비행기가 공항에 착륙했다.

세 사람은 간단한 절차를 거친 뒤에서야 공항을 나올 수 있었다.

켄이치는 공항에서 나오기 무섭게 차를 가져온다며 잠시 모습을 감추었고 규현은 통역사와 함께 근처 벤치에 앉아서 기다렸다.

기다리는 시간이 지루해서 서로 가볍게 대화를 나누었는데 놀랍게도 통역사 또한 기사 이야기의 팬이었으며 나이츠를 플레이하는 유저였다. 그래서 켄이치를 기다리는 동안 나눴던 그와의 대화는 즐거웠다.

두 사람의 대화는 켄이치가 차를 타고 올 때까지 끊이지 않고 계속되었다.

낯선 차량이 규현과 통역사 앞에 섰다. 창문이 내려가고 켄이치가 얼굴을 내밀고 일본어로 말했다.

"타시라고 하시네요."

켄이치의 말을 통역사가 전달했다. 규현은 고개를 끄덕이며 차를 향해 발걸음을 옮겼다. 통역사는 당연하다는 듯이 조수석에 앉았고 규현은 뒷좌석에 앉았다. 모두 차에 탄 것을 확인한 켄이치는 교토 북스를 향해 차를 몰았다.

얼마 지나지 않아서 세 사람을 태운 차는 교토 북스 사옥 주차장에 도착했다.

사무실이 아니고 '사옥'이었다.

보통 한국의 출판사는 사무실 한두 개를 사용하거나 하나의 층을 빌려서 사용하는 경우가 대부분이었는데 교토 북스는 규모가 큰 세계적인 규모의 출판사답게 작지만 3층 규모의 사옥을 가지고 있었다.

"와아."

차에서 내리며 규현은 감탄했다. 그런 그를 보며 켄이치는 흐뭇한 표정으로 입을 열었다.

"저희 사옥입니다. 옛날에 지어서 작긴 하지만, 어쩌면 조만간에 더 큰 건물로 옮기게 될 수도 있을 것 같습니다."

"더 큰 건물로요?"

규현은 놀랐다. 지금 사옥의 규모도 출판사치고는 큰 편이라고 볼 수 있었다.

그런데 더 큰 건물로 옮길 계획이 있다고 하니 놀랄 수밖에 없었다.

"예, 그렇습니다. 기사 이야기 덕분이죠."

켄이치는 그렇게 말했지만 농담이 섞여 있었다. 교토 북스의 규모를 생각해 볼 때 지금 사옥 정도면 충분했다. 그래도 기사 이야기 덕분에 사옥을 옮길 정도로 매출액이 증가한 것은 사실이었다.

"그렇습니까? 하하하."

"이렇게 서 있지 말고 안으로 들어가시죠."

규현은 기분이 좋은 듯 웃음소리를 흘렸고 켄이치는 안으로 들어갈 것을 제안했다.

통역사를 포함한 세 사람은 계단을 통해 사장실과 편집기획실이 있는 3층으로 향했다. 2층에도 편집기획실이 있었지만 전자책팀밖에 없었다.

"승강기가 없어서 불편하죠? 하하하."

켄이치가 유쾌하게 말했다.

교토 북스 사옥은 오래된 건물이었고 3층에 불과했기 때문에 승강기가 없었다. 그래서 3층까지 계단을 통해 걸어서 올라가야 했다.

"아뇨. 저도 계단을 이용하는 것은 익숙해서요. 아무렇지도 않습니다."

사실 얼마 전에 오피스텔로 이사하긴 했지만 그전까지만 해도 승강기가 없는 원룸에서 살았기 때문에 계단은 익숙했다.

3층에 도착한 그들은 문을 열고 사무실 안으로 들어갔다.

"아! 모두 오셨군요. 정규현 작가님, 교토 북스에 오신 것을 환영합니다."

사무실 문을 열고 들어가기 무섭게 안경을 쓴 날카로운 인상의 중년 남성이 규현을 반갑게 맞이했다.

"반갑습니다."

"제 소개가 늦었네요. 교토 북스 편집기획실장을 맡고 있는 타카하시 마코토입니다. 편하신 대로 부르셔도 좋습니다. 응접실로 가시죠. 곧 사장님께서 나오실 겁니다."

그는 교토 북스 편집기획실장을 맡고 있는 타카하시 마코토였다. 그는 교토 북스 내에서도 유난히 규현에게 호의적인 사람이었다.

통역사를 통해 마코토의 말을 전달받은 규현은 고개를 끄덕였다.

마코토는 규현을 응접실로 안내했다. 응접실은 사장실 옆에 있었다.

규현은 일본어를 읽을 수 없었지만 분위기와 위치로 볼 때 응접실 옆에 있는 것은 사장실이 분명했다.

"야마다 씨, 사장님 오실 거니까 사장님 것까지 커피 네 잔 부탁해요. 그리고 작가님은 아이스티로 괜찮으시죠?"

마코토가 물었다.

이미 교토 북스에선 규현이 좋아하는 것을 대부분 파악하고 있었다.

그래서 규현에게 일본으로 와줄 것을 부탁하면서 가장 먼저 한 것이 그가 좋아하는 아이스티를 구비하는 것이었다.

"커피도 상관없지만 아이스티가 있다면 그걸로 부탁드릴게요."

"알겠습니다. 야마다 씨, 정규현 작가님에겐 아이스티로 부탁해요."

"네."

야마다라는 직원이 다시 나타났을 땐 커피 네 잔과 아이스티 한 잔이 놓여 있는 트레이를 들고 있었다.

그는 테이블 위에 트레이를 놓고, 앉아 있는 모두의 앞에 커피와 아이스티를 놓았다.

마지막으로 사장이 앉을 자리에 커피를 놓은 그는 고개를 숙인 뒤 응접실을 나갔다.

야마다가 나가고 얼마 지나지 않아서 안경을 낀 백발의 남자가 응접실 문을 열고 들어왔다.

켄이치와 마코토가 서둘러 의자에서 일어났고 그 모습을 본 규현과 통역사도 일어났다.

분위기를 보니 방금 들어온 사람은 교토 북스 사장인 것 같았다.

그렇지 않고서야 나름 높은 위치에 있는 두 사람이 급히 일어나서 인사를 했을 리가 없다.

"반가워요, 정규현 작가. 저는 교토 북스의 대표 나가노 신지라고 합니다."

통역사가 통역을 해주었다. 규현의 예상대로 눈앞의 남자는 교토 북스의 사장이었다.

"저도 반갑습니다. 정규현이라고 합니다."

규현은 신지가 내민 손을 잡고 가볍게 악수를 했다.

"다들 앉으세요."

신지의 말에 네 사람은 조심스럽게 의자에 앉았다.

신지가 커피를 한 모금 마셨고 규현도 아이스티를 한 모금 마셨다.

"일본까지 오시느라 고생이 많으셨어요. 불편함은 없으셨나요?"

"예. 신경 써주신 덕분에 편하게 올 수 있었습니다."

교토 북스에서 신경 써서 비즈니스 클래스 좌석으로 발권해 준 덕분에 아주 편하게 올 수 있었다.

서울과 진주를 자주 왕복한 경험이 있는 규현에게 2시간 정도는 별거 아니었다.

규현의 대답에 신지는 만족한 표정으로 고개를 끄덕이며 입을 열었다.

"다행히 야마모토 기획팀장이 잘해준 것 같군요."

켄이치는 머리를 긁적였다.

"최선을 다했습니다."

"인정하겠습니다."

켄이치의 말에 신지는 고개를 끄덕였다.

"한 가지 궁금한 게 있어서 그런데 물어봐도 괜찮겠습니까?"

규현이 조심스럽게 말했다. 신지는 고개를 끄덕이며 입을 열었다.

"무엇이든 물어보셔도 좋습니다."

"일본에서 기사 이야기의 위치가 어느 정도인지 궁금합니다."

전부터 궁금했던 거였다.

어디서 1위를 하고, 어떤 월간지의 표지에 올라가고, 얼마 이상의 판매 부수를 달성했다는 이야기는 켄이치나 규태로부터 들어서 알고 있었지만 일본의 출판 시장에 대해서 잘 모르고 있었기 때문에 설명이 필요했다.

"도쿄 서점 도쿄 본점에서의 사인회가 확정되었습니다. 더 설명이 필요할까요?"

규현의 속을 모르는 건지 신지는 아주 간단하게 대답했다. 눈치 빠른 켄이치는 규현이 원하는 대답은 그게 아니라는 것을 알아채고 설명을 위해 입을 열었다.

"상승세가 아주 좋습니다. 이대로 간다면 올해 안에 누적 100만 부를 판매할 수 있을 것 같습니다."

켄이치의 설명에 규현의 눈이 동그랗게 뜨였다.

한국에서는 시리즈를 많이 내지 않는 이상, 누적 100만 부 달성은 힘들었다.

그래서 꿈의 숫자라고 불렸다.

하지만 일본의 경우 책을 사서 보는 분위기가 형성되어 있었기 때문에 많은 연결권을 내지 않더라도 누적 100만 부 달성이 어려운 일은 아니었다.

물론 쉬운 일도 아니었기 때문에 100만 부 판매면 올해의 라이트노벨이라는 명예의 전당에 이름을 올릴 수 있을 정도였다.

"100만 부 달성이 가능할지도 모른다니, 정말 꿈만 같네요."

"가능할지도 모르는 게 아니라 가능합니다."

규현은 확신이 없었지만 켄이치는 확신에 차 있었다.

그는 교토 북스에서 짧지 않은 시간 동안 일하면서 많은 작품의 흥망을 지켜보았다. 그리고 지금 기사 이야기와 같은 상승세를 가졌던 작품은 예외 없이 크게 성공했다.

이런 상승세를 가지고 망하는 경우는 찾아보기 힘들었다.

"그건 그렇고 사인회 장소는 도쿄 서점 본점으로 확정된 건가요?"

규현이 화제를 전환했다. 신지는 고개를 끄덕였다.

"이미 도쿄 서점과 이야기는 끝났습니다. 아마도 1층에서 사인회를 진행하게 될 것 같네요."

도쿄 서점 본점은 3층 건물이었고 규모도 꽤 컸다. 그중에서도 1층에 여유 공간이 가장 넓었기 때문에 사인회를 하기 가장 적합했고, 실제로 사인회가 열리는 장소는 주로 1층이었다. 그래서 특별한 일이 없으면 규현의 사인회 또한 1층에서 열릴 예정이었다.

규현은 통역사의 도움을 받아 교토 북스의 사람들과 많은 대화를 나누었다.

아무래도 출판 업계에서 일하는 사람들이다 보니 규현의 작품에 대한 이야기를 주로 했다.

가장 많이 이야기 한 내용은 기사 이야기였고 그 다음으로는 나이츠였다.

마지막으로 일본의 출판 시장에 대한 이야기를 나누었다. 덕분에 규현은 한국에서 출발할 때와는 다르게 일본 출판 시장에 대해 많을 것을 알게 되었다.

"이런, 벌써 시간이 이렇게 되었네요. 작가님 피곤하시진 않으세요?"

마음이 맞는 사람들끼리 만나면 대화만 나누어도 시간이 금방 흘러가 버린다.

그 공식은 이번에도 성립했고 순식간에 시간이 흘러 저녁 시간이 되었다.

교토 북스의 직원들은 일이 많아서 늦게 퇴근하는 편이었지만 신지는 규현이 피곤할 것이라고 생각해서 대화를 중단했다.

"조금 피곤한 것 같기도 하네요."

규현이 대답했다.

서울과 진주 왕복 3시간 30분에 익숙해져 있어서 2시간 정도는 아무렇지 않다고 생각했지만 그래도 피로가 쌓이는 것은 어쩔 수 없는 것 같았다.

규현은 스마트폰을 확인했다. 시간은 벌써 오후 7시 정도였다.

"저녁 시간이니 같이 식사하시죠. 근처에 괜찮은 회전 초밥집이 있습니다."

"말씀은 고맙지만 숙소를 구해야 할 것 같아서요. 제가 예약을 하지 않았거든요."

"숙소는 저희 쪽에서 이미 예약을 끝냈습니다."

"그렇군요."

설마 숙소까지 예약해 주었을 줄은 몰랐다. 분위기를 보니까 숙박비도 부담할 것 같았다.

다섯 사람은 교토 북스 사옥 근처의 회전 초밥 전문점에서 저녁을 해결했다.

"통역사를 붙여 드릴 테니 사인회 전까지 일본 도쿄를 즐기세요."

신지는 그 말을 남기고 마코토와 함께 교토 북스로 돌아갔다.

켄이치는 규현을 숙소에 데려다주기 위해 남았다. 규현과 통역사는 켄이치의 차를 타고 근처의 호텔로 이동했다.

"저는 이만 가보겠습니다. 관광할 곳이 없다 싶으면 교토 북스에 또 놀러오세요. 시원한 아이스티를 준비해 두겠습니다."

규현과 통역사를 호텔까지 데려다주고 켄이치는 교토 북스로 돌아갔다.

"체크인하러 가시죠. 제가 도와드리겠습니다."

통역사의 말에 규현은 고개를 끄덕이며 프런트를 향해 발걸음을 옮겼다.

통역사의 도움을 받아 체크인을 하고 카드를 받은 그는 305호로 향하기 위해 승강기에 탑승했다. 그런데 통역사는 탑승하지 않았다.

"저는 근처의 모텔을 예약했습니다. 내일 오전 9시에 찾아오겠습니다. 그리고 이건 제 명함입니다. 무슨 일이 있으시면 연락주세요."

그는 근처 모텔을 예약해 둔 상태였다.

교토 북스가 돈이 많긴 하지만 통역사 숙소까지 좋은 호텔로 챙겨줄 정도는 아니었다. 통역사는 지갑에서 명함 하나를 꺼내 규현에게 주었다.

명함에는 이름과 전화번호, 그리고 이메일이 적혀 있었다. 규현은 통역사의 명함을 지갑에 잘 넣었다.

"그럼 내일 뵙겠습니다."

통역사는 규현을 향해 목을 살짝 숙였고 승강기 문이 닫혔다. 승강기는 3층에 멈췄고 그는 305호로 향했다.

문을 열고 들어가자 내부가 드러났다. 건물 외관을 보았을 때 대충 예상했지만 내부까지 확인해 보니 꽤 괜찮은 호텔이라는 것을 알 수 있었다.

규현은 간단하게 씻은 뒤 옷을 갈아입고 노트북을 꺼냈다.

작가에게 휴일은 없었다.

시간이 날 때마다 글을 써야만 했다.

특히 규현 같은 경우엔 거의 매일 가람 작가들의 스토리 교정을 해줘야 하기 때문에 주말에는 그나마 여유로워도 평일에는 정말 여유가 없었다. 그리고 공교롭게도 오늘은 주말이 아니었다.

늦은 시간까지 스토리 교정과 원고 교정을 끝마친 뒤에야 규현은 침대에 누울 수 있었다.

다음 날 아침 일찍 일어난 규현은 객실에서 스마트폰 게임을 하면서 놀다가 통역사가 올 시간이 되자 로비로 나갔다. 그리고 그와 합류해서 도쿄를 돌아다녔다.

규현은 일본어를 할 줄 모르기 때문에 혼자였다면 힘들었겠지만 일본어에 능통한 통역사가 옆에 있으니 힘들지도 않고 마냥 즐거웠다.

며칠간의 도쿄 관광을 끝내고, 마침내 사인회 당일이 되었다.

교토 북스의 기획팀장 야마모토 켄이치가 규현을 사인회장으로 데려가기 위해 오전 9시에 호텔 앞으로 차를 몰고 왔다.

규현과 통역사는 켄이치와 합류해서 사인회장으로 향했다.

"오후 1시부터 시작인데 이렇게 일찍 갈 필요가 있나요?"

뒷좌석에 앉은 규현은 등받이에 몸을 기댄 채 켄이치에게 물었다.

사인회는 오후 1시에 시작하는데 스마트폰을 확인해 보니 지금 시간은 9시 30분이 채 되지 않았다.

사인회장인 도쿄 서점 본점은 교토 북스 사옥과 가까운 편이었다.

도쿄의 도로 사정이 복잡하다고 해도 이렇게 일찍 출발할 필요는 없다고 생각했다.

"일찍 가야 합니다. 사전 예약 한 인원의 3분의 2라도 사인회 시간보다 조금 일찍 온다면 저희는 사인회장에 진입하기 힘들 것입니다."

"도대체 사전 예약 한 인원이 몇 명이나 되는 건가요?"

켄이치의 설명에 규현은 조심스럽게 인원을 물었다.

"놀라지 마세요."

켄이치는 한 차례 운을 떼더니 규현에게 사전 예약 한 인원 수를 말해주었다.

그 말을 들은 규현은 너무나 놀라서 좀처럼 입을 다물지 못했다.

사전 예약 한 사람들만 해도 한국에서 했던 사인회의 참여 인원을 훨씬 넘어서고 있었다. 그의 말이 사실이라면 사인회장에 일찍 가지 않을 경우, 인파의 벽을 뚫고 쉽게 진입하기 힘들 것 같았다.

이윽고 도쿄 서점 본점에 도착한 규현은 켄이치의 걱정이 기우가 아니었다는 것을 알 수 있었다.

서점에는 사람들이 아주 많았다.

주차장도 가득 차서 다른 곳에서 주차해야만 했다. 하지만 근처 주차장까지 모두 꽉 차 있어서 결국 좀 먼 곳에 주차할 수밖에 없었다.

도쿄 서점에 도착한 규현은 생각보다 많은 인원에 경악했다.

"원래 이렇게 사람들이 많나요?"

"아니요. 제가 도쿄 서점에 자주 오는 편이지만 평소에는 이 정도로 사람이 많지 않습니다. 그리고 보시면 알겠지만 기사 이야기 단행본을 들고 있는 사람이 대부분입니다."

켄이치의 말에 규현은 도쿄 서점 주변과 안을 서성이는 사람들이 들고 있는 것을 살폈다.

그의 말대로 기사 이야기 단행본을 들고 있는 사람이 대부분이었다.

1층에서 눈에 띄는 곳에 기사 이야기 캐릭터 입간판이 보였다. 입간판과 기사 이야기 단행본을 들고 있는 사람들을 보니 멀리서도 사인회의 분위기가 물씬 풍겼다.

"들어가시죠. 서점 내부에 대기실이 마련되어 있습니다."

장르 문학 작가들 중에서는 얼굴이 많이 알려진 편이었기 때문에 그의 얼굴을 아는 독자들이 꽤 많았다.

만약 그런 독자가 여기에 한 명이라도 있고 규현의 얼굴을 알아본다면 대혼란이 벌어질 게 분명했다. 그래서 켄이치는 서점 내부로 들어갈 것을 재촉했다.

켄이치의 말대로 서점 내부에 대기실이 마련되어 있었다.

서점 직원이 직접 그곳으로 안내해 주었다. 대기실에서 통역사의 도움을 받아 규현은 켄이치와 잡담을 나누다가 서점 직원이 사온 규동으로 대충 점심을 해결했다.

시간은 흘러 1시가 되었고 규현은 사인회장으로 향했다. 그리고 놀랐다.

"맙소사."

1층 로비는 기사 이야기 단행본을 들고 있는 사람들로 가득했다.

수는 많았지만 혼란은 없었고 질서가 갖추어져 있었다. 규현이 앉게 될 자리 앞에 서 있는 여성은 들뜬 얼굴로 규현을 기다리고 있었다.

"작가님, 자리에 앉으시죠. 편하게 사인할 수 있도록 펜은 저희가 준비했습니다."

켄이치는 가방에서 펜을 꺼내 규현에게 건넸다.

그것을 받아 든 규현은 비장한 각오를 다지며 배정받은 자리로 향했다.

행사 시간은 정해져 있었다.

그렇게 길지는 않기 때문에 이곳에 모인 사람 대부분은 그냥 빈손으로 돌아갈 수도 있었다. 그래서 규현은 자신이 조금 더 고생하더라도 최대한 많은 사람의 책에 사인을 해주고 싶었다.

그런 노력을 보이는 것이 이곳에 모인 사람들에 대한 최소한의 예의라고 생각했다.

규현이 모습을 드러내자 모인 사람들의 시선이 그에게 집중되었다.

하지만 웅성거림은 잠시뿐, 여전히 통제는 잘되고 있었다. 진행 요원이 다수 있었지만 없어도 될 정도로 사람들은 질서 있는 모습을 보이고 있었다.

규현은 의자에 앉았고 첫 번째로 기다리고 있던 사람을 시작으로 사인을 시작했다.

기사 이야기 단행본을 들고 온 사람에겐 책에 사인을 해주었고 가지고 오지 않은 사람에겐 준비된 사인지에 사인을 해 주었다.

"감사합니다."

간단한 일본어로 감사를 표하는 팬 서비스도 잊지 않았다. 규현이 서툰 일본어로 감사를 표하자 사인을 받으러 온 사람들은 감동한 얼굴이었다. 몇몇은 예의 바르게 답을 하기도 했다.

통역사가 옆에서 그들의 말을 한국어로 통역해서 말해준 덕분에 의사소통에는 장애가 없었다.

"수고하셨습니다."

사인회가 끝나고 켄이치가 규현의 팔 근육을 가볍게 풀어주며 말했다.

그는 최대한 노력했지만 많은 사람이 사인을 받지 못하고 발걸음을 돌려야만 했다.

모두들 아쉬워하는 분위기였지만 그들은 억지를 부리지 않고 도쿄 서점 본점을 떠났다.

"사인회는 힘들군요."

"사인회를 경험한 모든 작가님들이 그렇게 말씀하시죠. 그래도 기분은 좋으시죠?"

"네, 기분은 좋네요."

켄이치의 말에 규현은 입가에 미소를 머금었다.

사인회를 끝내고 그는 간단한 뒤풀이에 참석한 후, 귀국을 서둘렀다. 사무실을 너무 오래 비우기도 했지만 할 일이 많았다.

비행기를 타고 오피스텔로 돌아온 규현은 메일함을 확인했지만 중화 북스에게서 답장은 여전히 없었다.

'나를 무시하는 건가?'

메일을 읽지도 않았다. 그나마 다행이었다. 만약 읽고 무시했더라면 기분이 더 좋지 않았을 것이다.

규현은 메일을 한 통 더 보낼까 생각했지만 이내 고개를 저었다.

메일을 확인하지 못한 것은 그들의 실책이었다. 괜히 규현이 매달릴 필요 없었다. 그들이 확인하지 않는다면 다른 출판사에 보내면 되는 것이다.

규현은 중국의 사이트를 더 둘러본 끝에 중화 북스 다음으로 괜찮은 평가를 받고 있는 북경 서고에 메일을 보내기로 했다.

번역기의 힘을 빌려 중국어와 한국어로 된 내용의 메일을 작성한 뒤 전송했다. 물론 기사 이야기 개정판 원고도 함께였다.

개정판을 보낼지 오리지널을 보낼지 잠깐 고민했지만 개정판을 보내는 게 낫다고 판단했다.

기사 이야기 오리지널도 등급은 상승하지 않았지만 구매수 정도는 상승하는 모습을 보였다. 하지만 역시 등급이 상승한 개정판을 보내는 게 낫다고 생각한 것이었다. 그리고 며칠 뒤 북경 서고에서 한국어로 된 메일이 도착했다.

[한국으로 저희 측 직원을 보내겠습니다.]

『작가 정규현』 5권에 계속…

# 초대형 24시 만화방

신간 100%, 샤워실, 흡연실, 수면실(침대석), 커플석, 세탁기 완비

## ■ 광명 광명사거리역점 ■

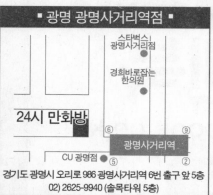

경기도 광명시 오리로 986 광명사거리역 6번 출구 앞 5층
02) 2625-9940 (솔목타워 5층)

## ■ 강북 노원역점 ■

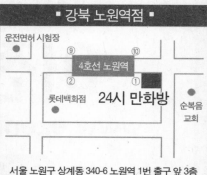

서울 노원구 상계동 340-6 노원역 1번 출구 앞 3층
02) 951-8324 (화용빌딩 3층)

## ■ 일산 정발산역점 ■

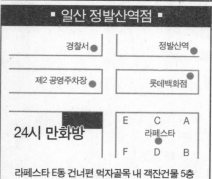

라페스타 E동 건너편 먹자골목 내 객잔건물 5층
031) 914-1957

## ■ 일산 화정역점 ■

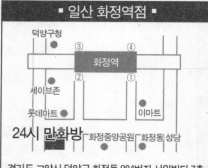

경기도 고양시 덕양구 화정동 984번지 서일빌딩 7층
031) 979-4874 (서일사우나 건물 7층)

## ■ 부천 역곡역점 ■

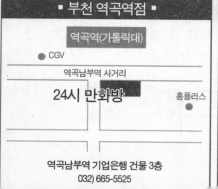

역곡남부역 기업은행 건물 3층
032) 665-5525

## ■ 부평역점 ■

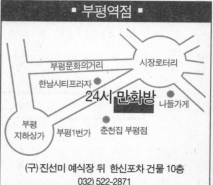

(구) 진선미 예식장 뒤 한신포차 건물 10층
032) 522-2871

FUSION FANTASTIC STORY

**임영기** 장편소설

# 상남자 스타일

의뢰 성공률 100%를 자랑하는 만능술사 '골드핑거' 강선우.
**사실 그에겐 말 못 할 비밀이 있는데……**

**바로 신족의 가문 '신강가(神姜家)'와
다국적 기업 '스포그(SFOG)'의 도련님이라는 사실!**

*"내가 만능술사를 하는 이유는
세상을 이롭게 하기 위해서야."*

**돈이면 돈, 권력이면 권력, 능력이면 능력.
모든 것을 다 가진 그가 해결 못 할 의뢰는 없다!**
# 지금 전 세계가 그의 행보에 주목한다!

Book Publishing CHUNGEORAM

유행이 아닌 자유추구 -
WWW.chungeoram.com

# 한의 스페셜리스트

韓醫

가프 장편소설

FUSION FANTASTIC STORY

돌팔이 소리만 듣던 한의사 윤도.

달라지고 싶은 마음에 찾아간 중국 명의순례에서
버스 추락 사고에 휘말리고 마는데……

구사일생으로 살아 돌아온 지 30일.
전에 없던 스페셜한 능력들이 생겼다?

초짜 한의사에서 화타, 편작 뺨치는 신의로!
세상의 모든 질병과 인술 구현에 도전한다!

Book Publishing CHUNGEORAM

FUSION FANTASTIC

박골 장편소설

# 내 손끝의 탑스타

그의 손이 닿으면 모두 탑스타가 된다?!

우연히 10년 전으로 회귀한 매니저 김현우.
그리고 그의 눈앞에 나타난 황금빛 스타!

그는 뛰어난 처세술과 냉철한 판단력으로
다사다난한 연예계를 돌파해 나가는데……

돈도, 힘도, 빽도 없지만 우리에겐 능력이 있다!

김현우와 어울림 엔터테인먼트의
통쾌한 성공기가 지금부터 시작된다!